双葉文庫

はぐれ長屋の用心棒

孫六の宝

鳥羽亮

目次

孫六の宝　はぐれ長屋の用心棒

第一章　帯祝《おびいわ》い

一

流しで水を使う音が聞こえた。おみよが洗い物をしているらしい。

腰高障子に陽が射し、白くかがやいている。もう、五ッ（午前八時）ごろになるだろうか。初夏の陽射しは強く、おみよの姿は明るい陽射しのなかにかすんでいた。

むくり、と孫六《まごろく》は起き上がった。朝餉《あさげ》を終えた後、座敷でやることもなくごろごろしていたのだが、さすがに飽きてきて、源九郎《げんくろう》の部屋でも覗《のぞ》いてみようかと思ったのである。

華町《はなまち》源九郎は同じ伝兵衛店《でんべえだな》に住む牢人だった。いや、牢人というより隠居といった方がいいだろう。

源九郎は御家人だったが、倅《せがれ》の俊之介《しゅんのすけ》が嫁をもらったのを機に家督をゆずり、隠居して伝兵衛店に住むようになった。嫁の名は君枝《きみえ》、すでに嫡男の新太郎《しんたろう》、長女の八重《やえ》を産んでいる。

源九郎の生業《なりわい》はおさだまりの傘張りだった。ただ、傘張りだけでは食っていけず、華町家からの合力もあるようである。

……華町の旦那ならいるだろう。

と、孫六は思った。

今日は朝から上天気だった。長屋の男たちは、稼ぎに出ているはずである。長屋に残っているのは、源九郎のような居職《いじょく》の者か孫六のように仕事のない者だけであろう。もっとも、孫六も隠居の身なので、とくになまけているわけではなかった。

孫六は還暦を過ぎた年寄りだった。元は腕利きの岡っ引きだったが、七年ほど前に中風をわずらい、すこし足が不自由になって引退し、娘夫婦の世話になっていた。おみよは、孫六の娘である。

おみよは又八《またはち》という魚屋をやっていた男に嫁いだが、魚屋がもらい火で焼け、やむなく伝兵衛店に越してきた。その後は、ぼてふりをやって暮らしをたてている。

孫六が娘たちと伝兵衛店に越してきて四年になる。どういうわけか、おみよに子ができず、孫六はここに越してきてからずっと娘夫婦と三人で暮らしてきたのだ。

孫六は土間の草履《ぞうり》をつっかけて、外へ出ようとした。

「おとっつァん、気をつけてね」

おみよが振り返って、声をかけた。

妙にやさしい声だった。口元におだやかな笑みが浮いている。

「ちょ、ちょいと、華町の旦那のところへな」

孫六は口ごもった。予想に反して、おみよがやさしい物言いをしたので、孫六はかえって慌ててしまったのだ。

孫六は急いで戸口から外へ出た。初夏の陽射しがやけにまぶしい。

孫六は泥溝板《どぶいた》の上を歩きながら、

……どうなってるんだ。

と、つぶやいた。

おみよは、孫六が長屋を出ようとするときまって、行き先を訊《き》いたり、酒を飲んではいけないとか、早く帰ってこいとか口やかましく言い立てるのだが、今日は何も言わず、まるで観音さまのような笑みを浮かべて孫六を送り出したのだ。孫六は、ふだんとちがうおみよのやさしさが気になった。それに、亭主の又八もこのところ仕事に励み、朝早くから夕方遅くまで商いに精を出しているふうなのだ。

……又八とふたりで、おれを追い出す算段でもしてるんじゃァあるめえか。

との思いが頭の隅をよぎったが、慌てて打ち消した。

おみよにかぎって、そんなことを考えるはずはなかった。おみよは孫六に対してきついことを言うが、根はやさしく、親思いの娘だった。それに、又八も孫六を邪険に扱うような男ではない。そのことは孫六が一番よく知っていたのだ。

孫六はおみよと又八を信じていたが、それでもやっぱり気になった。おみよと又八の態度が、ふだんとちがったからである。

孫六は小柄で、陽に灼《や》けた浅黒い肌をしていた。目が丸く、小鼻が張り、狸のような愛嬌のある顔をしていた。その顔に、戸惑うような表情が浮いている。家に引き返して、おみよに何があったのか訊いてみようと思ったが、踏ん切りがつかなかった。

いつの間にか、孫六は源九郎の家の前まで来ていた。

腰高障子があいていたので、戸口から覗くと、座敷で傘張りをしている源九郎の姿が見えた。片襷《かただすき》をかけ、刷毛《はけ》で傘に荏油《えのあぶら》を塗っている。

着古した単衣《ひとえ》の肩先に継ぎ当てがあり、襟が汗で黒くひかっていた。膝を立てた片足の太股のあたりから汚れたふんどしが覗いている。華町という名に似合わず、尾羽打枯した貧乏牢人そのものである。

……旦那に訊いてみるか。

そう思い、孫六は敷居をまたいだ。

「孫六か、何の用だ」

源九郎が刷毛を置いて訊いた。

「用ってこたァねえんですがね」

孫六は薄笑いを浮かべながら、上がり框《がまち》に腰を下ろした。

「暇つぶしか」

源九郎はそう言って、刷毛を取った。取り付く島もない物言いだが、声には親しみのあるひびきがあった。隠居同士気の合うところがあったのである。

「ちょいと用がありやしてね」

孫六は土間に視線を落として言った。土間の半分ほどを陽射しが照らし、明暗をくっきりと刻んでいた。

「何の用だ」

「おみよのことなんでさァ」

孫六は、まずおみよのことを訊いてみようと思った。

「おみよが、どうした？」

「なにね、ちょいと気になりやして」

孫六は戸惑った。どう言えばいいか、思い浮かばなかった。まさか、娘がいつもとちがってやさしいのはどういうわけか、とは訊けなかった。

「何が気になるのだ。どうも、はっきりせんな」

源九郎は膝を孫六の方へむけた。

「おみよのやつ、ちかごろ、妙に物分かりがよくなりやしてね。今朝も、出がけに、酒を飲むな、とも言わねえんで。……何か、あったとしか思えねえ。それで、旦那なら何か知ってると思いやしてね」

孫六が照れ臭そうに笑った。

「さて、分からぬが」

源九郎は首をひねって、いっとき思案していたが、

「何があったか知らぬが、いいことではないか。……おみよがやさしいのは、孫六のことを気遣っているからだろう」

そう言って、また膝を傘の方にむけた。その横顔には、そんなことを話しにきたのか、という呆《あき》れたような表情があった。

「そんなふうには思えねえんだが……」

孫六がつぶやくような声で言って足元に視線を落としたとき、戸口で下駄の音がし、障子に人影が映った。

源九郎の家の斜向《はす》かいに住むお熊《くま》だった。お熊は四十過ぎ、でっぷり太った大柄な女で、日傭《ひよう》取《と》りをしている助造《すけぞう》の女房である。がらっぱちで口は悪いが、世話好きで気立てのやさしいところがあった。

「ちょっと、孫六さんにね」

お熊が声をひそめて言った。どうやら、斜向かいの家から、孫六が源九郎の家に入ったのを見て、やってきたらしい。

二

「お熊、どうしたな」

源九郎は刷毛を置き、上がり框のそばへ来て腰を下ろした。お熊の登場で、傘張りをつづける気が失《う》せてしまったのである。

「おれに何か用かい」

孫六が、しかつめらしい顔をして訊いた。

「孫六さん、知ってるかい」

お熊は土間に立ったまま、大きく目を剝《む》いて訊いた。

「何のことだ」

「おみよさんのことだよ」

「おみよがどうした？」

孫六の顔に不安そうな表情が浮いた。

「お腹《なか》に、赤ちゃんがいるんじゃァないのかね」

お熊はさらに声をひそめて言い、男ふたりの顔を交互に見た。

「な、なに、赤ん坊！」

一瞬、孫六の狸のような顔が上下に伸びたように見えた。目を剝き、口をあけたまま表情がかたまった。

「どうして、身籠《みごも》っていると思ったのだ」

言葉を失っている孫六の代わりに、源九郎が訊いた。

「昨日ね、おみよさんが水汲みに来たときに、急に井戸端で吐いたんだよ。いっしょにいたおまつさんがそれを見て、あたしに、悪阻《つわり》じゃないかと耳打ちしたのさ」

お熊がしたり顔で言った。

おまつというのは、お熊のとなりに住む女房で、庄太《しょうた》という十二歳になる男児がいる。年配の子持ちということで、長屋の女房連中のお産や産前産後の相談にのってやっていることもあり、産婦の症状にも明るいようなのだ。

「そ、そう言えば……」

孫六が喉のつまったような声で、

「めしの後、吐いた」

と、言った。そして、息をつめてお熊の顔を見つめている。

「孫六さん、まちがいないよ。おめでただよ」

お熊が興奮した面持ちで言った。

「ま、ま、孫か！」

孫六が、顎《あご》をがくがく震わせながら言った。

「よかったな。孫六、いよいよおまえも、爺《じい》さんだぞ」

源九郎が目を細めて言った。源九郎も長屋の者も、おみよ夫婦はむろんのこと、孫六が初孫の誕生を長年待ち望んでいたのを知っていたのだ。

「お、おみよに子ができたのか。……なんだって、あいつ、おれに言わねえんだい」

孫六が、洟《はな》をすすり上げながら言った。嬉しさで、顔がくしゃくしゃになっている。

孫六は思いあたった。おみよが、観音さまのように孫六にやさしく接したのも、このところ又八が仕事に熱心になったのも、そのせいだったのだ。

「そりゃァ、そうだよ。女はね、お腹が出てきて、分かるようになるまでは、言えないものなんだよ」

お熊が、したり顔で言った。

「こうしちゃァいられねえ」

ふいに、孫六が立ち上がった。

「どうした、孫六」

「今度は、あっしがおみよに言う番だ」

そう言い置くと、孫六は戸口から飛び出した。

孫六が急いで家にもどると、おみよはまだ流し場で洗い物をしていた。孫六が飛び込むような勢いで帰って来たのを見て、

「おとっつァん、どうしたの」

と、驚いたような顔をして訊いた。

「おみよ、話がある。ここに、腰をかけろ」

孫六が昂《たかぶ》った声音で言った。小走りに帰ってきたため顔が紅潮し、満面に笑みが浮いている。

「なによ、藪《やぶ》から棒に」

おみよは濡れた手を前だれで拭きながら、上がり框に腰を下ろした。孫六が妙に興奮しているので、逆らってはまずいと思ったようだ。

「おめえ、おれに言っておくことがあるだろう」

孫六が訊いた。

「な、なによ」

おみよの目には、孫六が怒っているようにも、驚喜《きょうき》しているようにも見えた。

「おめえ、子ができたんじゃァねえのか」

孫六が目を剝いて訊いた。

「ど、どうして、分かったのよ」

おみよは口ごもり、ぽっと顔が赤くなった。

「どうしてって、おめえを、見てりゃァ分からァ。……お、親じゃァねえか」

なぜか、グッと胸に衝《つ》き上げてくるものがあり、孫六の声が震えた。

「あたし、もうすこしはっきりしてから、おとっつァんに知らせようと思って」

おみよは、視線を落として語尾を呑んだ。まだ、顔が赤らんでいる。

「それで、おみよ、産まれるのは、いつごろだ」

おみよの横顔を見つめながら、孫六が訊いた。

「はっきり分からないけど、十月か十一月に」

「十月として、後……」

孫六は指を出して、数えだした。

いま、四月なので、六か月後ということになる。

「早いこともあるし、遅れることもあるし」

おみよが、小声で言い添えた。

「それにしても、めでてえ。又八も喜んでいるだろう」

「ええ。あのひと、赤ちゃんができたと分かると急に張り切って、朝早くから働きに出るようになったし、あたしにはやさしくしてくれるし……」

おみよは顔を上げて孫六を見つめた。目が嬉しそうにかがやいている。

「そうか、そうか」

孫六は洟をすすりながら、涙声で言った。孫六は長い間、孫が産まれるのを待っていたのである。

「でも、おとっつァん、長屋のひとたちには内緒にしてよ。恥ずかしいから」

「なに言ってる。恥ずかしいことなんかあるものか、それによ、長屋の者も……」

そこまで言って、孫六は慌てて言葉を呑んだ。すでに、知っているとは言えなかったので、

「すぐに、気付かァ。隠したくとも、そのうち腹が出てくるだろうしな」

と、慌てて言い足した。

「そうだけど」

「長屋の者にも、祝ってもらうんだ。そうだろう、おみよ、子ができるんだぜ。おれにゃァ、初孫だ」

声を大きくしてそう言ったとき、孫六は、おみよに言っておきたいことがあって、源九郎の許から急いでもどってきたことを思い出した。

「おみよ、おめえに言っておきてえことがある」

孫六が声をあらためて言った。

「なによ」

「おめえも知ってるだろうが、子を産むのは大変《てえへん》なことだ。丈夫な赤ん坊を産むには、母親になるおめえが、なにより体に気をつけなけりゃァなんねえ。まず、無理をしちゃァいけねえ。立ち仕事も、ほどほどにしねえとな」

それから、孫六は、体を冷やすな、転ぶな、重い物を持つな、辛い物を食うな……と、こまごまと言いつのった。

おみよは、困惑したような表情を浮かべていたが、それでも目は嬉しそうなひかりをたたえ、黙って孫六の話を聞いていた。

孫六はひととおり話をし終えたとき、ふと頭に浮かんだことがあった。

「そうだ、子安貝《こやすがい》だ」

と、つぶやいて立ち上がると、また、戸口から飛び出していった。むかった先は、源九郎の部屋である。

三

源九郎は竪川《たてかわ》沿いの道を歩いていた。

晴天である。陽射しは強かったが川面を渡ってきた風には涼気があり、さわやかだった。川沿いの道は人通りが多かった。風呂敷包みを背負った店者《たなもの》、大八車を引く人足、子供連れの女房、町娘……。陽気がいいせいもあるのか、どの顔も明るくおだやかな表情があった。

源九郎は深川六間堀町《ふかがわろつけんぼりちょう》にある倅夫婦の屋敷へ行くつもりだった。まだ、八ツ(午後二時)ごろだが、今日は非番だと聞いていたので俊之介も屋敷にいるはずである。

俊之介は御役高三十俵三人扶持《ぶち》の御納戸同心だった。以前から御納戸衆への栄進の話があるが、まだ実現していない。

源九郎が倅夫婦の屋敷を訪ねる目的は、子安貝だった。

昨日、いったん家へもどった孫六がふたたび姿をあらわし、

「旦那、君枝さまがお産されたとき、子安貝を用意しませんでしたか」

と、神妙な顔をして訊いた。

「産所で、握っていたようだな」

子安貝は、安産のお守りである。宝貝科《たからがい》の巻貝で、産婦がこの貝を握って産めば、安産すると信じられていた。貝の腹面が女性の性器に似ていることから、そうした謂《いわ》れがあるのだとか。

孫六が言うには、君枝は嫡男と長女のふたりを無事に産み、ふたりとも丈夫に育っているので、君枝が手にしていた子安貝なら、きっと御利益があるはずだというのである。

「まだ、早いだろう」

子安貝は、お産のときに産婦が手に握るお守りである。

「早く手回ししねえと、落ちつかねえんでね」

孫六は、照れたような顔をして言った。

「分かった。明日にも、君枝からもらってこよう」

源九郎は、倅夫婦を訪ねる口実にもなると思った。ここしばらく、孫の新太郎

と八重の顔も見ていなかったのである。

竪川にかかる一ッ目橋を渡り、川沿いの道をすこしもどって深川方面に歩けば、六間堀町はすぐである。

華町家の玄関の引き戸をあけて戸口に立つと、なかから子供の声が聞こえた。新太郎である。つづいて、大人と子供の慌ただしい足音がし、俊之介と新太郎が顔を出した。

「爺さまだ！」

新太郎が声を上げた。

今年、新太郎は五つになる。まだ、幼児らしい顔付きだが、眉や鼻筋が父親の俊之介にそっくりである。

男ふたりにつづいて、君枝も姿を見せた。御包《おくる》みにつつまれた八重を抱いている。眠っているらしく、かすかな寝息が聞こえた。君枝の腕のなかに、八重の林《りん》檎《ご》のような頰が見えた。

「お義父《とう》さま、いらっしゃいまし」

君枝が口元に笑みを浮かべて言った。

君枝は色白で、饅頭《まんじゆう》のようにふっくらした頰をしていた。小鼻が張り、目が細い。どう贔屓目《ひいき》に見ても美人とは言いがたいが、愛嬌のある顔をしている。ちかごろは、ふたりの子持ちになったせいか、肥えてきて、腰がどっしりしてきた。娘らしさが抜け、母親らしい貫禄がついてきたようである。

「どうだな、八重は元気かな」

君枝の腕のなかの御包みを覗き込むようにして訊いた。

八重が産まれて、そろそろ一年になる。つかまり立ちして、少し伝い歩くようになったと俊之介から聞いていた。

「はい、ちょっと風邪気味のようですけど……。抱いていただけますか」

「抱いてみるか」

源九郎が上がり框に身を寄せると、君枝が御包みごと八重を差し出した。

八重は眠っていた。ふっくらした頰が赤く染まり、弾むような吐息をもらしている。鼻の下に乾いた洟の痕《あと》があった。ずっしりと重く、御包みをとおして、熱い体温がつたわってくる。

「君枝に似て、美人じゃな。いい婿があらわれるぞ」

源九郎は思ってもいない世辞を言った。君枝に似たら、美人であるはずはない。

「まァ、お義父さまったら、まだ早いですよ」

君枝は細い目をさらに細めて、まんざらでもない顔をした。

そのとき、新太郎が源九郎のそばに来て袖を引いた。かまってもらえないのが不服だったらしい。

「爺さま、凧《たこ》を揚《あ》げよう」

新太郎が源九郎を見上げて言った。

俊之介一家が御納戸方の騒動に巻き込まれ、腕のたつ刺客に狙われて屋敷を追われたことがあった。そのおり、一家は源九郎の長屋に越してきたのだが、俊之介が寂しい思いをしていた新太郎のために凧を作ってやったのだ。

新太郎はその凧がひどく気に入って、正月を過ぎても、何かあると凧を揚げてくれとせがむのである。

「新太郎、凧より母上に菓子でもいただいたらどうだ」

俊之介がそう言うと、新太郎は大きくうなずいた。凧より菓子の方がいいらしい。

「お義父さま、お上がりになってください」

君枝が慌てた様子で言って、新太郎の手をつかんだ。台所へでも連れていって、何か食べさせるつもりなのだろう。

源九郎と俊之介が居間に腰を落ち着け、いっときすると、君枝が茶を淹《い》れてくれた。八重は奥に寝かせてきたようである。

「実は、君枝に頼みがあってな」

源九郎が、君枝を前にして用件を切り出した。

新太郎は君枝から菓子をもらって、台所で食べているらしい。

「何でしょう」

君枝が、湯飲みを源九郎の膝先に置きながら訊いた。

「子安貝を持っているかな」

源九郎が声をひそめて言った。すこし、顔が赭黒《あかぐろ》く染まっている。

「子安貝？」

「そうだ。渡したい者がいてな」

「まさか、お義父さま、どなたかに」

君枝も顔を赤らめながら、疑わしそうな目をむけた。源九郎が、ひそかに関係を持った女を孕《はら》ませたと勘繰ったらしい。

「わ、わしではない。孫六だ」

慌てて源九郎が言った。

「まァ、孫六さんが、あの歳で」

君枝が驚いたように言った。

「孫六ではない。孫六の娘のおみよだ」

「驚いた。孫六さんにいい人ができたのかと思った」

「驚いたのは、わしだ」

どうも、君枝はよからぬことを考え過ぎると思った。

「でも、よかったわ。おみよさんも孫六さんも、赤ちゃん、欲しがってたんですから」

君枝が目を細めて言った。君枝は一時長屋に越してきたとき、長屋の女房連中とも話をするようになり、孫六やおみよのことも知っていたのだ。

「それでな、孫六に頼まれたのだ」

源九郎は、これまでの経緯をかいつまんで話した。

君枝は出産の予定を聞くと、まァ、気の早い、と言って、笑ったが、

「でも、初めてだから、孫六さんも、凝《じっ》としていられないんでしょうね」

と、言い添えた。

「孫六のやつ、のぼせ上がって長屋中を走りまわってるよ」

「孫六さん、嬉しいんですね」

君枝は笑みを浮かべたまま視線をとめていたが、お義父さま、と声をあらためて言った。

「おみよさんには、わたしから渡します。……初産だと、何かと心配でしょうからね」

小声だが、しっかりしたひびきがあった。君枝の物言いには、おみよに対する気遣いとふたりの子供の母親としての自信が感じられた。

源九郎は君枝のことを娘らしさの抜けない若い嫁と思っていたが、いつの間にか華町家に根を張り、俊之介の妻としてふたりの子の母親として一家をささえる貫禄を身につけたようである。

「それがいい。女同士、いろいろ話もあるでしょうから」

俊之介が脇から言った。

四

源九郎が華町家を出ると、陽は家並のむこうに沈んでいた。家並の影が六間堀沿いの通りに伸びている。軒下や物陰には、淡い夕闇が忍び寄っていた。

そろそろ暮れ六ツ（午後六時）であろうか。遠近《おちこち》から、店仕舞いのため表戸をしめる音が聞こえてきた。通りの人影もまばらで、迫りくる夕闇にせかされるように足早に通り過ぎていく。

源九郎は、新太郎と遊んでやったり、目を覚ました八重を抱いたりして、つい遅くなってしまった。

「夕餉を、いっしょにどうです？」

と俊之介が言ったが、

「孫六が待っているから」

と言って、源九郎は華町家を辞した。ふたりの子供の面倒をみている君枝に、負担をかけさせたくなかったのである。

源九郎は六間堀沿いを歩き、竪川沿いの通りへ出た。そして、一ツ目橋の近くまできたとき、路傍に人だかりがしているのに気付いた。

そこは弁才天社の斜向かいで、竪川沿いの雑草地で古い材木などが積まれていた。辺りは淡い夕闇につつまれ、神田川の川面を渡ってきた風が音をたてて吹いていた。集まっている者たちは、近所の住人らしかった。なかに、岡っ引きらしい男も混じっている。

……何かあったのかな。

源九郎は人垣のそばに近付いた。

「何事かな」

源九郎は手ぬぐいで頬《ほ》っかむりした船頭らしい男に訊いた。その声に、三、四人の男が振り返って源九郎に目をむけた。

「辻斬りのようですぜ」

船頭らしい男が小声で答えた。

「斬られたのは、だれかな」

源九郎は気になって訊いた。川を渡れば、伝兵衛長屋はすぐである。長屋の住人が斬られたかもしれないのだ。

「あっしは、いま来たところでしてね。何にも知らねえんで」

男がそう言うと、脇にいた職人らしい男が、

「殺《や》られたのは相模屋《さがみや》の番頭らしいですぜ」

と、小声で教えてくれた。

「相模屋というと」

「万年橋のたもとにある材木問屋ですよ」

万年橋は小名木川《おなぎがわ》の河口近くにかかる橋である。その橋の近くに相模屋という深川では名の知れた材木問屋があった。殺されたのは、その店の番頭らしい。

源九郎はさらに集まった野次馬たちの話を耳にし、およその状況が分かった。

殺されたのは重造《しげぞう》という番頭で、掛け金を集めた帰りに弁才天の近くを通ると、社《やしろ》をかこんだ杜《もり》の樹陰から牢人ふうの男が飛び出してきて重造を襲った。重造は慌てて逃げたが、川端に積んである材木のそばまで来て斬られたという。

「ふところに財布はねえそうですぜ。辻斬りが、盗んだにちげえねえ」

職人らしい男がしたり顔で言った。

「くわしいな」

見ていたような話しぶりだった。

「ちょうど、一ッ目橋を通りかかった男が、見ていたらしいや」

男が言った。

源九郎はきびすを返した。だいたいの状況が分かったし、長屋の者にもかかわりがないようなので、それ以上話を聞かなくてもよかったのだ。

歩き出した源九郎の足が、ふいにとまった。人垣のなかで、一太刀に、腋《わき》まで斬られてますぜ、と口にした声が、耳にとどいたのだ。死骸のそばにいる岡っ引きらしい。

……下手人は手練《てだれ》だな。

と思い、源九郎は死骸を見る気になったのである。

男が口にしたとおりなら、下手人は肩口から腋まで一太刀に斬り下げたとみていいのである。

源九郎は鏡新明智流《きょうしんめいちりゅう》の遣い手だった。鏡新明智流は桃井八郎《もものいはちろう》が開祖である。源九郎は子供のころ、三代目桃井春蔵《しゅんぞう》の士学館《しがくかん》に入門した。剣の天稟《てんぴん》があったのか、俊英と謳《うた》われるほどの遣い手となった。ところが、師匠のすすめる旗本の娘との縁談を断って道場に居辛くなり、ちょうどそのころ父が病に倒れて家督を継がねばならなくなったこともあって、道場をやめたのである。

その後、幾星霜が過ぎたが、源九郎は特に剣名を上げるようなこともなく、御家人として平々凡々の暮らしをつづけてきたのである。

「前をあけてくれ」

源九郎は人垣を割って前へ出た。

古い材木が積んであるそばに、数人の岡っ引きらしき男がいた。夕暮れどきのせいもあるのか、八丁堀同心の姿はなかった。

集まった岡っ引きたちのなかに、栄造《えいぞう》がいた。

源九郎は栄造と顔見知りだった。栄造は浅草諏訪町《すわちょう》に住む岡っ引きで、孫六と懇意なこともあり、栄造がかかわった事件のいくつかで源九郎が手を貸したことがあったのだ。むろん、栄造が源九郎に助勢したこともある。

源九郎の住む伝兵衛店は相生町《あいおいちょう》一丁目にあり、はぐれ長屋とも呼ばれていた。間口二間の古い棟割り長屋で、住人は食いつめ牢人、その日暮らしの日傭取《ひようと》り、ぼてふり、その道から挫折した職人、大道芸人など、はぐれ者が多かったからである。

源九郎は、はぐれ長屋の気の合う数人の男たちとともに、富商の用心棒に雇われたり、人攫《ひとさら》いから子供を助け出したり、やくざ者に脅された娘を助けたりしてきた。そのため、源九郎たちをはぐれ長屋の用心棒などと呼ぶ者もいたのだ。

「これは、華町の旦那」

栄造は源九郎の姿を見ると、ちいさく頭を下げた。

「近くを通りかかったので、覗いてみたのだ」

そう言って、源九郎は栄造の足元に目をやった。

叢《くさむら》に黒羽織姿の男がつっ伏していた。辻斬りに斬られた男らしい。左の肩先から背中へ斬り下げられ、大きく傷がひらき、截断《せつだん》された鎖骨が覗いていた。周囲の雑草に血が飛び散り、どす黒い斑《まだら》に染まっている。

……手練だな！

これだけの刀傷は、よほどの剛剣でなければ生じないだろう。源九郎は背筋を冷たい物で撫《な》でられたような気がした。

「下手人は武家のようで」

栄造が小声で言った。

「それも、腕の立つ者だな」

「旦那、何か心当たりがありますかい」

栄造は、源九郎が鏡新明智流の達人であることを知っていた。源九郎なら刀傷から何か分かるかもしれないと思ったようだ。

「ないな」

これほどの剛剣の主は知らなかった。もっとも、若いころ江戸の剣壇から離れていたので、多くの剣士を知っているわけではない。

「そうですかい。これで、ふたり目でしてね」

栄造が言うには、半月ほど前、本所石原町《ほんじよいしはらちよう》の大川端で、松村屋《まつむらや》という太物《ふともの》問屋の番頭が斬り殺されたという。

番頭の名は吉五郎《きちごろう》。下手人に、掛け金を集めた金九十両を奪われたそうである。

「同じような傷でしてね」

「やはり、袈裟《けさ》に斬られていたのか」

「へい」

「同じ下手人とみていいようだな」

「あっしも、そうみてやすが、まだ下手人の目星もついてねえんで」

栄造が渋い顔をして言った。

「一ッ目橋を渡っていた男が、見ていたそうではないか」

「そいつからも話を聞きやしたがね。下手人は総髪の牢人体だったというだけで、顔付きも年格好も分からねえ」

「そうか。……わしも、夜分出歩くときは、気をつけよう」

そう言い置いて、源九郎は栄造のそばを離れた。町方でもない者が、いつまでも死体のそばで話し込んでいるわけにはいかなかったのである。

五

「旦那、君枝さまに、よく礼を言ってくだせえ」

孫六が嬉しそうに目を細めて言った。

昨日、君枝が長屋に来て孫六の家に立ち寄ったのだ。おみよに子安貝を渡すためである。そのさい、君枝はおみよに産前産後の心掛けや注意などをこと細かく話していったらしい。ふたりの子を産んだ女の経験談を聞いて、おみよは大層心強く思い、不安や恐れがいくぶん消えたらしいという。

「まァ、長屋には親身になってくれる子持の女房もいるし、案ずることもあるまい」

君枝だけでなく、長屋には子持の女房連中がいくらでもいる。

「ありがてえこって」

孫六は首をすくめるようにして頭を下げた。

「それで、今日は何の用だ」

昨日、君枝が帰るとすぐ、孫六が源九郎の許に飛んできて、君枝に礼を言って欲しいとくどくどと話していったのだ。

今日は、別のことで来たはずである。

「へい、帯祝いのことで、旦那から話を聞きてえと思いやしてね」

上がり框に腰を下ろしていた孫六が、身を乗り出すようにして言った。

「岩田帯《いわたおび》か」

妊婦が妊娠五か月に入った最初の戌《いぬ》の日を選び、胎児の保護のため白布を腹に巻くが、同時に、胎児の安産と成長を願ってお祝いをする。それが、帯祝いである。

その日、腹に巻く白布は、「岩田帯」、「斎肌帯《いはだおび》」などと呼ばれ、これにより妊婦は母親になる覚悟をかためるのである。

「帯も、君枝に頼みたいのか」

安産した母親から、岩田帯をもらうと安産するという謂れがあった。

「いいえ、もう岩田帯は、おまつとおくらのふたりからもらってますんで」

孫六が糸のように目を細めて言った。

おまつとおくらは長屋の住人で、男児の母親だった。ふたりとも、安産だったのだろう。おそらく、気をきかして、ふたりの方からとどけたにちがいない。

「ほかに何か、訊きたいことがあるのか」

「帯祝いですがね、どんなふうにやったらいいかと思いやしてね。……旦那のとこは、二度やってるんでしょう」

「やってはいるが、内々で祝っただけだぞ」

たいしたことはやらなかった。取り上げ婆《ばば》（産婆）に、岩田帯を巻いてもらい、赤飯を炊いて近所の者にふるまっただけである。

源九郎がそのことを話すと、

「あっしも、赤飯でも炊けばじゅうぶんだと言ったんですがね、又八のやつ、せっかくだから料理も出してえなんてぬかしゃァがって」

孫六が照れ笑いを浮かべながら言った。

「又八がそのつもりなら、それでいいではないか」

相談というより、帯祝いができる喜びを源九郎に話しに来たらしい。

「ですが、貧乏人が料理まで出しちゃァ世間さまに何か言われそうだ。それに、膳も三つしかねえし、家に入ってもせいぜい五、六人だし……」

孫六は歯切れが悪い。

「又八はぼてふりだ。己で商っている魚を料理して出すならとやかく言う者はおるまい。それに膳だが、長屋の者に借りればすぐにそろう」

長屋の者がふだん使っている箱膳をその日だけ借りれば、何とかなるだろう。

「ヘッヘヘ……。旦那にそう言ってもらうと、気が楽になる」

孫六は目尻を下げて笑った。

「それより、孫六、都合がつくのか」

源九郎は、又八一家のふところ具合が心配だった。赤飯を炊いて、長屋の者に料理を食べさせれば、出費も馬鹿にならないだろう。

「銭のことで？」

孫六が笑いを消して訊いた。

「そうだよ」

「銭のことなら心配《しんぺえ》ねえ」

孫六によると、このところ又八が張り切り、朝から晩まで魚を売り歩いて、ふだんより稼ぎがいいという。それを、おみよが蓄えているので、料理を出すぐらいなら都合できるそうである。

「それなら、わしに訊くこともなかろう」

どうやら、又八とおみよが相談し、帯祝いに料理も出したいと孫六に話したのだろう。それを、孫六は源九郎へ話しにきたようだ。

「なんてったって、旦那には世話になってやすからね」

「それより、又八に、体をこわさぬよう言ってやった方がいいな」

張り切り過ぎて体をこわしたのでは、何にもならない。

「よく言っときやすよ」

孫六は満足そうな顔をして腰を上げ、また、来やす、と言い置いて、戸口から出ていった。

孫六が出ていってしばらくすると、腰高障子があいて今度は菅井紋太夫《すがいもんだゆう》が顔を出した。将棋盤をかかえている。

菅井は無類の将棋好きで、何か理由をつけては仕事を休み、源九郎の許に将棋を指しにくる。ただ、それほどの腕はなく、下手の横好きというやつである。

「菅井、仕事はどうしたのだ」

八ッ（午後二時）ごろだった。仕事を終えて帰ってきたにしては早すぎる。

菅井は四十九歳、生れながらの牢人で、数年前に女房に先立たれ、いまは独り暮らしである。両国広小路で居合抜きを見せて口を糊《のり》していた。大道芸だが、居合の腕は本物で、田宮流《たみやりゅう》居合の達人だった。

「孫六に、機先を制されてな。仕事に行きはぐれてしまった」

菅井によると、仕事へ出かけようとしていたところへ、孫六が顔を出したという。

そして、おみよが身籠もったことや又八が張り切って仕事に精出していることなどをしゃべって帰ったという。

「それで、仕事に行く気がうせてしまってな」

そう言うと、菅井は勝手に座敷に上がり、将棋盤を前にして座った。

「今日は、仕事にならんな」

源九郎は孫六が来たとき、傘張りの仕事を中断し、いっとき前に再開したところだったのだ。もっとも傘張りなど、たいした稼ぎにはならないので、仕事の邪魔をされたからといって恨む気にはならない。

「さァ、一局」

菅井は腕捲《うでまく》りをして駒を並べ始めた。

六

石町《こくちょう》の暮れ六ツ（午後六時）の鐘が鳴って、小半刻（三十分）は経とうか。

大川端は濃い暮色につつまれていた。

深川佐賀町《さがちょう》である。又八は空の盤台《ばんだい》をかつぎ、小走りに本所方面にむかってい た。今日は、深川熊井町《くまいちょう》、相川町《あいかわちょう》と売り歩き、仕入れた魚はすべて売り尽くしていた。ふところの巾着《きんちゃく》には、稼いだ銭がずっしりとつまっている。

大川沿いの通りに人影はなく、表店は板戸をしめてひっそりとしていた。汀《みぎわ》に寄せる川波の音だけが聞こえてくる。

静かだが、寂しい雰囲気はなかった。大川には気の早い涼み船が何艘か出ていて、軒下につるした提灯《ちょうちん》の灯《ひ》が、川面に映じて華やかな雰囲気をかもしだしていたからである。

……男かな、それとも女かな。

又八がつぶやいた。産まれてくるであろう、わが子のことを胸に描いたのである。

又八は幸せな気分だった。一日中、歩きまわって体は疲れていたが、すこしも苦しいとは思わなかった。足腰の痛みさえ、心地好く感じられたのである。

又八はおみよと所帯をもったときから、子供は欲しかった。ところが、二年経ち、三年経っても孕まない。数年経つと、子供はできないものと諦めるようになり、夫婦の間でも子供のことは禁句になっていたのだ。

義父の孫六も、いっしょに住むようになった当初はしきりに孫を欲しがったが、ちかごろはあきらめたらしく口にしなくなった。孫の話はしなくなったが、孫六も孫を欲しがっていることは又八とおみよにも痛いほど分かっていた。だが、夜の勤めを果たしても、おみよが孕まないのだから、仕方がない。

ところが、一月ほど前、おみよが床のなかで、

「おまえさん、赤ん坊ができたみたいだよ」

と、嬉しそうな顔をして言ったのである。

「ほ、ほんとか！」

又八は目を剝いた。枕屛風《まくらびょうぶ》を境にして孫六が寝ていたので、声は殺していたが、おみよの肩先をつかんだ又八の手が顫《ふる》えていた。

「まちがいないよ……」

おみよは、消え入るような声で、月の物がないもの、と言い添えた。

「お、おみよ、よくやった」

又八は満面に喜色を浮かべて言った。

「あたしだけじゃないよ。半分は、おまえさんのお蔭だよ」

「どっちにしろ、よかった」

「よかったよ」

ふたりは、涙ぐんだまま抱き合っていた。

ふだんは耳障りな孫六の鼾《いびき》も、その夜ばかりは心地好く聞こえてきた。

翌日から、又八はいつもより早く起き、暗いうちに日本橋の魚河岸へ出かけて大量に仕入れ、遅くまで売り歩くようになった。お産に銭がかかるだろうという思いもあったが、それより産まれてくる子供のために、銭を貯めて借家でもいいから自分の店を出したいと思ったのである。

辺りはだいぶ暗くなってきた。遠方の淡い夜陰のなかに、大川にかかる新大橋が黒く浮き上がったように見えていた。

又八が仙台堀にかかる上の橋のたもとまで来たときだった。ふいに、仙台堀沿いの通りから町人体の男が小走りに出てきた。

アッ、と思い、又八がかわそうとして脇に跳んだ。そのとき、担いでいた天秤棒がまわり、後ろ部分が男の側頭部に当たった。

「な、何をする！」

男が尻餅をついた。

大柄な大店の旦那ふうの男だった。赤ら顔で眉毛が濃く、鼻の大きな男だった。又八を見上げた顔が、怒りに赭黒く染まっている。

「すまねえ、急いでたもんで」

又八は、男を起こしてやろうと思って近寄った。

そのとき、尻餅をついた男の後方に、もうひとつの人影があるのに気付いた。総髪の牢人体だった。うつむいていたので、顔ははっきり見えなかった。

「倉田《くらた》、こいつを斬っちまえ！」

尻餅をついた男がドスの利いた声で言って、立ち上がった。

その声で、総髪の牢人が、スッと近寄ってきた。右手を刀の柄に添え、腰をすこし沈めている。

……斬られる！

一瞬、又八は凍りついたようにその場につっ立った。又八にも、牢人体の男が刀を抜こうとしているのが、分かったのである。

白刃が夕闇のなかににぶくひかった。

牢人体の男が又八に身を寄せるのと、ワッ！　と声を上げて、又八が逃げ出すのとがいっしょだった。

次の瞬間、又八は肩口に焼き鏝《ごて》を当てられたような衝撃を感じた。咄嗟《とっさ》に、又八はかついでいた天秤棒を放り出し、喉の裂けるような悲鳴を上げて狂ったように走りだした。

……斬られた！

と、又八は思った。

それほどの痛みはなかったが、肩先から背中にかけて熱いものが張り付いているような感じがした。血であろう。

又八は夢中で走った。後ろから追ってくる気配がする。追いつかれたら殺される、逃げるしかない、と頭の隅で思った。

又八の足は速かった。ぼてふりで鍛えた足である。背後からの足音はしだいに遠ざかった。そして、新大橋のたもとまで来ると、後ろからの足音は聞こえなくなった。

橋のたもとに、人影があった。大工らしい男と天秤棒で振り分け荷をかついだ夜鷹そばである。

ふたりは、よろよろと走ってくる又八の姿を見ると、驚いたような顔をして足をとめた。又八の顔が恐怖にゆがみ、肩口から首筋にかけてどす黒く染まっていたからである。

「ど、どうした」

大工らしい男がこわばった顔で訊いた。

「辻斬りだァ」

又八が喉のかすれたような声で言った。斬りつけた牢人の風貌から、咄嗟に辻斬りと思ったのである。

ふたりの男は、又八の走ってきた方に目をやり、慌てた様子で新大橋の方に逃げだした。夕闇のなかに、近付いてくる辻斬りらしき人影を見たのだろう。まだ、ふたり組は追ってくるようだ。

又八は夢中で走った。胸がふいごのように喘《あえ》ぎ、足がもつれたがとまらなかった。

……死にたくねえ！

と、胸の内で叫んだ。産まれてくる赤ん坊とおみよのことが、何度も胸をよぎった。

はぐれ長屋の入り口の路地木戸まで来ると、又八は足をとめて振り返った。

町筋に人影はなかった。通り沿いの表店は、ひっそりと夜陰のなかに沈んでいる。どうやら、ふたりは追って来ないようである。

……逃げられた。

そう思ったとき、又八は肩口から背中にかけて激しい痛みを感じた。生暖かい血の感触が首筋から背中をおおっている。体が熱く、手がワナワナと顫えている。

又八は路地木戸を抜け、長屋へよろよろと近付いていった。

長屋の戸口から灯が洩《も》れ、女房や子供たちの声がやかましく聞こえた。おみよのいる部屋の腰高障子からも、淡い灯が洩れている。

七

又八は障子をあけると、土間にくずれるようにへたり込んだ。

流し場にいたおみよが又八の姿を見て、

「おまえさん！　どうしたの」

と、ひき攣《つ》ったような声を上げた。

座敷にいた孫六も、顔色を変えて走り寄ってきた。

「き、斬られた」

又八は照れたような表情を浮かべたが、顔色は土気色をし、喘ぎ声を洩らしていた。だれの目にも、深手を負ってることは一目で知れた。

「お、おまえさん、しっかりして！」

おみよは紙のように蒼ざめた顔で、悲鳴のような声を上げた。体が激しく顫えている。

「おみよ、手ぬぐいを寄越せ！」

孫六は、おみよが帯に挟んでいた手ぬぐいをひったくるように取った。そして、手ぬぐいを折りたたみ、又八の肩口へ押し当てた。

その手ぬぐいが見る間に赤く染まっていく。

「晒《さらし》だ！　晒がなけりゃァ、浴衣《ゆかた》を持ってこい」

孫六が怒鳴った。

岡っ引きを長年やっていたこともあり、孫六はこうした傷の応急処置の方法を知っていた。とにかく、出血をすこしでも押さえなければならない。

おみよは、畳を這《は》うようにして座敷の隅の長持のそばにいった。そして、長持から浴衣を引きずり出すと、もどってきて浴衣を孫六に手渡した。

孫六は手早く浴衣をたたんで、手ぬぐいの上に強く押し当てた。

「おみよ、華町の旦那に知らせろ！　東庵《とうあん》先生を呼んでもらうんだ」

東庵は、相生町に住む町医者だった。長屋の者も診《み》てもらったことがある。

孫六の声に、おみよは戸口から駆けだした。

おみよから事情を聞いた源九郎は、すぐに動いた。まず、隣近所の住人を呼び集め、まず足の速い茂次《しげじ》を東庵の許に走らせた。茂次も源九郎たちの仲間で、機転のきく男だった。こんなときは頼りになる。

さらに、女房連中には長屋をまわってもらい、晒、酒、金創膏《きんそうこう》などを集めさせた。刀傷の手当をするためである。

それだけの手を打ってから、源九郎は孫六の家へむかった。

又八は座敷につっ伏したまま寝ていた。孫六が布を当て、肩口と背を押さえている。布は浴衣らしい。その浴衣地が、どす黒い血に染まっていた。

先にもどったおみよは又八の脇に座り、血の気のない顔で顫えていた。

「旦那、辻斬りらしいやつに、いきなりやられたらしいんで」

孫六が目をつり上げて言った。

顔がゆがんでいる。激しい怒りと不安が、孫六の胸のなかで渦巻いているようだ。

「ともかく、傷の手当が先だ。すぐに、東庵先生もくるだろう」

源九郎は、又八の傷の様子を見た。

分厚く浴衣や手ぬぐいが押し当てられているのではっきりしないが、肩口から袈裟に斬られたようである。

そうこうしているうちに、長屋の連中が続々と集まってきた。菅井、砂絵描きの三太郎《さんたろう》、お熊の亭主の助造、鳶《とび》の政吉《まさきち》、それに、お熊、おまつ、お妙《たえ》、お島《しま》……などの女房連中。手に手に、晒、酒、金創膏などを持っている。

「孫六、傷の手当をするぞ」

源九郎が言った。

東庵が来るまでには、まだ間があるだろう。こうした刀傷の場合、適切な応急処置をしておくことは大事である。

「へい」

孫六は傷口を押さえていた浴衣や手ぬぐいをはずし、又八の身を起こさせた。

一尺ほどもある傷だった。左の肩口から背中へかけてざっくりと裂けている。袈裟に斬られたものである。ひらいた傷口から血がふつふつと噴き出し、見る間に肌をつたわって流れ落ちていく。ただ、骨や臓腑に達するほど深い傷ではないようだ。

源九郎は酒で傷口を洗い、晒にたっぷりと金創膏を塗って傷口に当て、孫六とふたりで晒を幾重にも巻きつけた。

「これでよし」

源九郎は、出血さえとまれば命に別条はないと思った。

「旦那、すまねえ」

又八が小声で言った。顔は土気色をしていたが、元気はあるように見えた。ただ、こうしたときの元気は興奮していてそう見えるだけのこともあるので、油断はできない。

それから小半刻(三十分)ほどして、茂次に連れられた東庵が姿を見せた。東庵は、茂次から道々事情を聞いたらしく、又八の脇へ座ると、

「まず、傷を診ましょう」

と言って、すぐに巻かれた晒をはずした。

いっとき、東庵は傷口を見ていたが、

「手当が、よかったようですな」

と言って、顔をくずした。

東庵はまだ出血している傷口に持参した金創膏を塗った布を当て、その上から晒を巻きなおした。

東庵の診断《みたて》は、

「出血もとまりそうなので、命に別条はありますまい。ただ、三日ほどは傷口がひらかぬように安静が必要です」

とのことだった。

それを聞いて、孫六をはじめそこに集まった長屋の者たちは、安堵《あんど》の声を上げた。おみよは、顔を両手でおおって泣き出した。

「おみよさん、もう心配ないよ」

お熊がおみよに身を寄せ、あまり、心配するとお腹の赤ちゃんによくないからね、と耳元でささやいた。

孫六と又八も、おみよに心配そうな目をむけた。おみよは、両手で顔をおおってしゃくり上げている。

八

又八が二人組に襲われて五日経った。

その日、朝から雨だった。いつものように、菅井が将棋盤持参で源九郎の家に顔を出し、さっそく駒を並べ始めた。

「仕方ないな」

源九郎は、将棋盤の前に胡座《あぐら》をかいた。

菅井は雨の日は商売にならないが、源九郎の傘張りは天候にかかわらず仕事ができる。

ところが、菅井は源九郎の都合など頓着せず、雨が降れば、こうやって将棋を指しにくるのだ。

何手か指したとき、戸口で下駄の音がして腰高障子があいた。顔を出したのは孫六と茂次である。

「おそろいで、将棋見物か」

菅井が盤面に目をやったまま言った。形勢が悪く、苦々しい顔をしている。

肩先まで伸びた総髪が頬にかかり、陰気な顔がよけい暗く見えた。頬のこけた顔が般若《はんにゃ》のようである。

「ちょいと、旦那方に話がありやして」

茂次が言った。物言いが渋かった。どうも様子がおかしい。暇潰しに将棋見物に来たのではなさそうだ。

茂次と孫六は座敷には上がらず、上がり框に腰を下ろした。ふたりの顔に浮かれた表情はなかった。

「何かあったのか」

源九郎がふたりに目をやって訊いた。

「へい、又八のことなんで」

孫六が言った。目に強いひかりがある。隠居の爺さんの目ではない。岡っ引きだったころを思わせる鋭い目をしていた。

「又八が、どうかしたのか」

又八の傷は日に日に癒《い》え、ちかごろは起きて歩けるようになっていた。今朝も、井戸端で顔を合わせたとき、そろそろ仕事に出たい、と源九郎に話していたのだ。

「実は、昨夕《ゆうべ》、政吉が痛めつけられやしてね」

茂次が言った。

政吉というのは、同じ長屋に住む鳶の男だった。まだ、二十歳前でお勝《かつ》という母親とふたりで住んでいる。

「痛めつけられたとは」

源九郎は膝先を茂次にむけた。将棋を指す気はなくなったようである。

菅井も、ふたりの話に引き込まれたのか、将棋盤から目を離して、ふたりの方に体をむけていた。

「あっしが、仕事を終えて、長屋の近くまでくると、政吉のやつが唸《うな》ってやした」

そう言って、茂次が話しだした。

茂次は研師《とぎし》である。少年のころ刀槍を研ぐ名のある研屋に弟子入りしたのだが、師匠と喧嘩して飛び出し、いまは町筋を歩いて、包丁、鋏《はさみ》、小刀などを研いだり、鋸《のこぎり》の目立てなどをして生計《たつき》を得ていた。昨年、お梅《うめ》という幼馴染みといっしょになり、ふたりで長屋に暮らしている。

その日、茂次が長屋にもどってきたのは陽が沈んでからだった。すでに町筋は暮色に染まり、表店は店仕舞いしてひっそりとしていた。

竪川沿いの道から長屋へつづく路地へ入ったとき、路傍でうずくまっている人影に気付いた。苦しげな呻《うめ》き声を洩らしている。

「どうした」

茂次が駆け寄った。

「い、痛え……」

長屋の政吉だった。顔が腫《は》れ、青痣《あおあざ》ができていた。だれかに打擲《ちょうちゃく》されたらしい。

「喧嘩でもしたのかい」

「そ、そうじゃァねえ。ここで待ち伏せしてたやろうが、又八のことを根掘り葉掘り訊きゃァがるんだ。……お、おれがしゃべらねえと、藪から棒に殴りつけてきやがったのよ」

政吉が苦しげに顔をゆがめながら話したことはこうである。

路傍に、手ぬぐいで頬っかむりした目の細い職人ふうの男と細身で総髪の牢人ふうの男が立っていた。

政吉が近付くと、職人ふうの男が前に立ち、

「ちょいと、訊きてえことがあるんだが」

と、愛想笑いを浮かべながら言った。

「なにが訊きてえ」

「四日前、大川端で斬られた男が、この辺りに住んでると聞いてきたんだがな」

「おれの長屋の者だが……。おめえたちはだれだい」

町方にも見えなかったので、政吉は不審に思った。

すると、政吉の脇にいた牢人体の男がいきなり刀を抜き、脇腹に峰打ちをあびせたという。腹を押さえてうずくまった政吉を、職人ふうの男が足蹴にし、

「命が惜しかったら、訊かれたことだけを答えな」

凄《すご》みのある声でそう言うと、ふところから抜いた匕首《あいくち》を政吉の喉元に突きつけた。

職人ふうの男は、政吉から長屋の名、四日前に斬られた男の名、仕事、傷の程度などを訊いたという。

茂次はそこまで話すと、あらためて源九郎と菅井に目をやり、

「ふたりは、又八のことを探りに来たようですぜ」

と、言い添えた。

「そのようだな」

源九郎が、けわしい顔をしてうなずいた。

その後、源九郎は又八から襲われたときの様子を聞いていた。又八によると、相手は倉田と呼ばれた総髪の牢人と恰幅《かっぷく》のいい大店の旦那ふうの男だったとい

う。

　政吉に峰打ちをあびせたのは、又八を襲った倉田ではないかと思った。ただ、もうひとりは職人ふうらしいので、恰幅のいい大店の旦那ふうの男とは別人のようだ。

「あっしが案じているのは、どうして、又八のことを探りに来たのかってことなんで」

　孫六が苦渋の顔で言った。

「うむ……」

「又八を始末するために、探しに来たんですぜ」

「そうかもしれん」

　大川端で斬られたときも、又八を執拗《しつよう》に追ってきたと聞いている。何としても、又八を殺したかったからであろう。

「又八は、何て言ってる？」

　黙って聞いていた菅井が、口をはさんだ。

「まったく覚えがねえそうで」

「襲われたふたりのことは、知らないんだな」

源九郎が訊いた。そのことは、すでに又八から聞いていたが念を押したのである。

「へい、大川端で鉢合わせするまで、顔を見たこともなかったそうでして」

「そうか」

源九郎は、又八が狙われる理由を考えてみた。大川端で、倉田と呼ばれる牢人と大店の旦那ふうの男と出会ったことが原因であろう。ふたりが又八に顔を見られたためか、あるいは咄嗟に口にした倉田という名を聞かれたためか……。いずれにしろ、ふたりの男は又八の口をふさぎたいにちがいない。

「旦那、いまのままじゃァ、又八のやつの傷が治っても仕事に出すわけにはいかねえ」

孫六が困惑に顔をしかめ、訴えるように言った。

「……………」

一つ屋根に住む娘の亭主となれば、孫六が心配するのも当然だろう。

「又八にもしものことがあったら、おみよと産まれてくる孫がかわいそうだ。……旦那ァ、孫は産まれながらに、父《てて》なし子なんですぜ。そ、それに、おみよだって気落ちして、せっかく授かった子を流産《ながし》ちまうかもしれねえ。それじゃァ、あまりにかわいそうだ。あっしが代わって死んでやりてえぐれえだ」

孫六が涙声で言いつのった。めずらしいことである。孫六がうろたえて、我を失っている。

「とっつァん、まだ、又八が死んだわけじゃァねえだろう。どこのどいつだか知らねえが、又八に手は出させねえよ」

茂次が語気を強めて言った。

「そのとおりだ。わしたちの手で、又八を守ろうではないか」

源九郎は孫六の気持がよく分かった。源九郎にも、新太郎と八重のふたりの孫がいるが、かわいいものである。孫六も、産まれてくる孫の幸せを守ってやりたいのであろう。

「又八を守るって、どうするんです」

孫六が訊いた。

「又八を襲ったふたりを捕らえるしかないな。どうせ、お上の世話になるようなやつらだろう」

又八を守るといっても、ついてまわるわけにはいかない。結局、又八を襲った男たちの素性をつかみ、捕らえるか、相手によっては斬るしか方法はないだろう。

「あ、ありがてえが、いまのあっしには、みんなに渡す銭がねえ」

孫六が洟をすすり上げながら言った。

源九郎たちは、これまで金をもらって商家の用心棒に雇われたり、勾引《かどわ》かされた娘を助けたり、旗本の揉《も》め事を収めたりしてきたのである。

「なに言ってやがる。あっしらは仲間じゃァねえか。始末がついたら、とっつァんに一杯《いっぺえ》ごっそうになりゃァそれで十分よ」

茂次がそう言うと、

「おれも、それでいい」

と菅井が言い添え、源九郎も大きくうなずいた。

第二章　籠手《こて》斬り

一

「又八、長屋から出るんじゃァねえぜ」

孫六は、流しで包丁を研《と》いでいる又八に強い口調で言った。

このところ、又八は傷の痛みもとれたとみえ、ぼてふりの商いに出たがっていた。いまも、研いでいるのは商売用の包丁である。

「お義父《とっ》つァん、いつまでも、遊んでるわけにはいかねえんだ。おみよが子を産むのも、長《なげ》え先じゃァねえんだぜ」

又八は陽に灼《や》けた顔を困惑したようにしかめた。

「おめえの気持は分かる。だがよ、おめえの命を狙ってるやつがいるかもしれねえんだ。そいつが、つかまるまでは、長屋を出ねえ方がいい」

孫六がそう言うと、座敷で縫い物をしていたおみよが、めずらしく孫六の側に立って、

「おとっつァんの言うとおりだよ。おまえさんの身にもしものことがあったら、あたしもお腹《なか》の子も、生きちゃァいけないよ」

と、涙ぐんで言った。

「わ、分かった。長屋を出ねえようにするよ」

おみよに言われて、又八もしぶしぶ承知した。

「それじゃァ行ってくるぜ」

孫六は、ふたりに背をむけて戸口から出た。

強い夏の陽射しが照りつけていた。おまけに、むっとするような南風が吹いている。ふだんは喧《やかま》しいほど聞こえてくる子供や女房連中の声がほとんどなく、長屋はひっそりとしていた。この暑さに、げんなりして寝転がっている者が多いのだろう。

……なんてえ暑さだい。

孫六は吐き捨てるように言った。

まだ、四ッ（午前十時）前だが、今日はやけに暑かった。陽射しが強い上に、南風が暖かいからであろう。

孫六は竪川沿いの道を足早に歩いた。背がまがり、左足をすこし引きずってい た。中風をわずらったせいである。それでも、結構速かった。長年岡っ引きとして歩きまわり、足腰を鍛えたお蔭である。

孫六は浅草諏訪町に行くつもりだった。懇意にしている岡っ引きの栄造が、女房にやらせているそば屋が諏訪町にあった。孫六は栄造に辻斬りの探索の様子を訊いてみようと思ったのである。

孫六は、又八の身を守るためには、源九郎が言ったように倉田という総髪の牢人と大店《おおだな》の旦那ふうの男の正体をつかみ、捕らえるしか手はないと思った。孫六は又八から襲われたときの様子を聞いたとき、

……牢人は辻斬りかもしれねえ。

と、思った。そのとき、倉田という名を又八に聞かれたために、何とかして又八の口を封じようとしているのではあるまいか。

孫六は、辻斬りのことを知るには、いま探索している栄造に訊《き》くのが手っ取り早いと思ったのである。

栄造の住むそば屋の名は勝栄《かつえい》。お勝《かつ》という女房と栄造の名から一字ずつ取ったものである。

諏訪町に入ってすぐに右手の路地に入り、一町ほど歩くと、勝栄の暖簾《のれん》が見えてきた。

暖簾をくぐると、土間の先の板敷きの間で職人ふうの男がふたり、そばをたぐっていた。まだ、昼前なので客はふたりだけらしい。

「あら、番場町《ばんばちょう》の親分、いらっしゃい」

板敷きの間にいたお勝が孫六の顔を見て、声を上げた。赤い片襷《かただすき》をかけ、紺地の前だれをかけている。粋な年増《としま》だった。

お勝は、孫六が岡っ引きだったころ番場町の親分と呼ばれていたのを知っていて、いまもそう呼んでいる。

「栄造親分はいるかい」

孫六は小声で訊いた。ふたりの客に聞こえないよう気を遣ったのである。

「いますよ。すぐ、呼びますから」

そう言い置くと、お勝は下駄を鳴らして板場へむかった。

いっときすると、栄造が姿を見せた。三十がらみ、肌の浅黒い剽悍《ひょうかん》そうな面構えの男である。栄造は料理の仕込みでもしていたらしく、濡れた手を前だれで拭きながら孫六のそばにやってきた。

「とっつァん、久し振りだな」

栄造は板敷きの間の框《かまち》に腰を下ろしながら言った。

孫六も栄造の脇へ腰を下ろし、

「ちょいと、訊きてえことがあってな」

と、小声で言い、その前に、そばを頼まァ、と言い添えた。

「酒はどうするね？」

栄造が訊いた。

孫六は無類の酒好きだった。勝栄に来たときも、そばといっしょに酒を頼むことが多かったのだ。

「今日は、そばだけでいい」

孫六が渋い顔で言った。

「めずらしいな」

栄造は、ちょいと、待ってくれ、と言い置いて板場にむかった。そして、お勝にそばを用意するよう伝えてもどってきた。

「それで、訊きてえこととは？」

栄造が孫六に目をむけた。やり手の岡っ引きらしい鋭い目である。栄造は孫六が酒を断ったことから、重大な用件で来たことを察したのだ。

「おめえ、大川端の上ノ橋のちかくで、ぼてふりが二人組の男に襲われて斬られたのを知ってるかい」

孫六が切り出した。

「いや、知らねえ」

「まァ、そうだろうな。……どこにも訴え出なかったし、そのぼてふりは逃げ帰って、いまは仕事に出られるほどに治っているからな」

「とっつァん、もってまわった言い方だが、そのぼてふりはだれだい」

栄造が訊いた。

「娘の亭主の又八よ」

「又八がな」

栄造は、はぐれ長屋に何度も足を運んでいたので、おみよや又八のことも知っていた。

「それだけならいいんだがよ。どういうわけか、又八を襲った男はいまだに又八の命を狙ってるらしいんだ」

「ほう」

栄造の目がひかった。裏に何か大きな事件がひそんでいると、踏んだのかもしれない。

「諏訪町の、このところ大川端でたてつづけに起こった辻斬りを探っていると聞いたが、そうなのかい？」

孫六は源九郎から聞いていたのだ。

「まあな。……ただ、おれだけじゃァねえぜ。何人もの御用聞きが追ってるはずだ」

「それで、下手人の目星は？」

「まだだ。竪川縁の件は一ッ目橋から見ていた男がいてな。そいつが言うには、細身で総髪の牢人者だったそうだ」

「又八を襲ったのも、そいつのようだな」

孫六は又八から襲われたときの話を聞いていた。断定はできないが、風貌はよく似ている。

「倉田という牢人を知ってるかい」

栄造は首を横に振った。

「牢人者といっしょにいた男がな、倉田の名を呼び、こいつを、斬っちまえ、と怒鳴ったそうだよ」

孫六は、又八から聞いたそのときの状況と大店の旦那ふうの男の格好や容貌などを話した。

「てえことは、又八の命を狙っているのは倉田か」

「おめえが、辻斬りとして追っている牢人も倉田かもしれねえ」

孫六は、同一人であろうと思った。

栄造は虚空を見つめながら黙考していたが、

「それで、いまだに又八を狙っているというのは？」

と、孫六に目をむけて訊いた。

「長屋の政吉を痛めつけて、又八のことを聞き出したらしいんだ」

孫六は茂次から聞いたそのときの様子も話した。

「そのとき、倉田といっしょにいたのは別の男だな」

「そうらしい」

「いや」

倉田といっしょにいたのは、恰幅《かっぷく》のいい大店の旦那ふうの男と、職人ふうの男ということになる。

「三人は、どういうかかわりかな」

「分からねえ」

ふたりが口をつぐんで考え込んでいると、お勝がそばを持ってきた。孫六は腹がすいていたので、そばをたぐり始めたが、すぐに箸をとめて、

「とにかく、倉田というやろうをふん縛らねえと、又八は長屋を出ることもできねえ。何とかしてやらねえと……」

おみよの腹には孫がいるんだ、と口から出かかったが、孫六は言葉を呑み、慌てて箸を動かした。

「とっつァんが、ここに来たわけが分かったよ。だがよ、辻斬りを洗うだけじゃァこの事件はけりがつかねえかもしれねえぜ」

栄造が渋い声で言った。

二

翌日も、孫六は朝餉《あさげ》を終えると、長屋を出た。これまで、おみよは孫六が家を

出ようとすると、行き先を訊いたり、酒を飲むなと言ったり、夕餉までには帰ってこい、と念を押したり、あれこれ釘を刺してから外出させたのだが、又八が襲われてから意見らしいことは口にしなくなった。

「おとっつァん、気をつけておくれよ」

今日も、そう言って、心配そうなまなざしをむけただけである。

孫六が又八のために、不自由な足を引きずって市中を歩きまわっていることを知っていたからである。

孫六は一ッ目橋を渡って、大川端を川下にむかった。深川佐賀町へ行くつもりだった。佐賀町に、七兵衛《しちべえ》という老齢の男がいた。孫六が岡っ引きをしていたころ、七兵衛は深川で顔の利く地まわりだった。

七兵衛は、孫六が岡っ引きを引退する三年ほど前、歳を取って体が自由にならなくなったのを理由に足を洗い、老妻といっしょに佐賀町でちいさな飲み屋をやっていた。

足を洗いはしたが、七兵衛は深川界隈《かいわい》の闇の世界のことにくわしく、盗人、博奕打ち、無宿者、無頼牢人などお上の世話になりそうな者たちのことをよく知っていた。子分ではないが、地まわりだったころ懇意にしていた男たちが、飲み屋に顔を出して話していったからである。

孫六は七兵衛がかかわった喧嘩や博奕のことで何度か探索したことがあったが、七兵衛をお縄にしたことはなかった。七兵衛は地まわりだったが義侠心が強く、女子供を泣かせるようなことやあくどいことはしなかったので、見逃してきたのである。

……七兵衛なら、辻斬りの見当がつくかもしれねえ。

と思い、孫六は佐賀町まで足を延ばす気になったのだ。

その日も暑かった。大川の川面を渡ってきた風が、ねっとりとした湿気をふくんでいる。

孫六は首筋をつたう汗を手ぬぐいで拭きながら歩いた。昨日、一日中歩きまわったせいか、足の節々が痛んだ。暑さと痛みで、歩くのがつらかった。歳なのである。

……なんてえ、ざまだい。むかしの、おれはこんなじゃァなかったぜ。

孫六は、ぶつぶつと毒づきながら歩いた。

それでも、孫六は探索をやめようとは思わなかった。娘夫婦と産まれてくる孫のためなら、命を失っても惜しくはないような気さえした。

孫六は佐賀町へ入り、しばらく歩いてから左手の路地へ入った。二年ほど前、近くを通りかかったとき、立ち寄ったので店のある場所は分かっていた。

一町ほど歩くと、見覚えのある店の前に出た。まだ、縄暖簾《のれん》は出ていなかった。「たぬき」と屋号の記された腰高障子もしまったままである。七兵衛が色の黒い丸顔で、狸のような顔をしていることから、付けた屋号だと聞いていた。

障子を引くと、簡単にあいた。なかはうす暗くひっそりとしていた。土間に飯台と長床几《ながしょうぎ》が並んでいたが、人影はない。

ただ、奥で水を使う音がするので、留守ではないようだ。

「ごめんよ」

孫六は奥へ声をかけた。

すると、水を使う音がやみ、足音がして老齢の男が顔を出した。丸顔で浅黒い肌をしている。七兵衛だった。板場から出てきたらしいが、そこが暗かったので、巣穴から出てきた狸のように見えた。

「まだ、店はひらいてねえが」

七兵衛は客と思ったらしい。

「とっつァん、おれだよ。番場町の孫六だ」

「なんだと」

七兵衛は目をこすりながら近付いてきた。すこし、耳も遠いのかもしれない。

「番場町の孫六だよ」

もう一度、言った。

「孫六……。親分ですかい」

七兵衛は驚いたように目を剝《む》いたが、すぐに表情を消し、首をすくめるように頭を下げた。

「久し振りだな」

「へえ、親分も元気そうで」

七兵衛の顔に警戒の色が浮いた。

「とっつァん、おれが十手を返したことは知ってるだろう。見たとおりの老いぼれだよ」

孫六は苦笑いを浮かべながら、長床几に腰を下ろした。

「いまは、どちらに？」

七兵衛の顔が、いくぶんなごんだ。

「相生町にな。娘のところに厄介《やっかい》になってるよ」

「そうですかい。……で、今日は？」

七兵衛は、孫六が相生町からわざわざ酒を飲みに来たとは思わなかったようである。

「ちと、訊きてえことがあってな」

「十手を返したんじゃァねえんですかい？」

七兵衛の顔に、また警戒の色が浮いた。

「お上の仕事じゃァねえ。おれの娘の亭主のことよ」

「亭主といいやすと」

七兵衛は、孫六と向かい合うように長床几に腰を下ろした。

「又八ってえ、ぼてふりなんだが、こいつが辻斬りらしいやつに斬られたんだ」

「斬られた」

七兵衛が驚いたような顔をして聞き返した。

「いや、命は助かったんだ」

「そいつはよかった」

「それが、あまりよくねえんだ。どういうわけか、いまでも又八の命を狙ってるらしいのよ」

孫六は、これまでの経緯をかいつまんで話し、

「それでな、おれの手で、そいつをふん縛ってやりてえんだ」

孫六の声には怒気があった。目も憎悪にひかっている。

「へえ……」

七兵衛は戸惑うように視線を揺らした。

「おめえに訊けば、又八を襲ったやつの目星がつくんじゃァねえかと思って、訪ねて来たのよ」

「お、親分、そいつは、とんだお眼鏡ちがいだ。飲み屋の爺《じじい》が、そんなこと知るわけねえでしょう」

七兵衛は慌てた様子で、首を横に振った。

「ここんとこ、辻斬りが世間を騒がせてるが、聞いてるな」

「まァ、噂ぐれえは」

「又八を襲ったのも、その辻斬りとみてるんだ。……おめえ、辻斬りをやりそうな牢人者に心当たりはねえのか」

「ねえなあ」

七兵衛は、首をひねった。丸い目が揺れていた。とぼけているようにも見え

る。

「倉田という牢人は？」

「さァな」

「七兵衛、又八だけじゃァねえんだ。娘も孫の命もかかってる。心当たりがあったら、教えてくれ」

孫六は七兵衛を見すえ、声を強くして言った。孫はまだ産まれていなかったが、命がかかっていることはまちがいないのである。

「心当たりとまではいかねえが、土橋《どばし》の芝之屋《しばのや》という女郎屋に、人相のよくねえ牢人者が出入りしてると聞いたことがあるが……。倉田という名だったかどうか」

七兵衛は語尾を濁した。

土橋は深川八幡宮の東にあたる永代寺門前東仲町《えいだいじもんぜんひがしなかちょう》の一地域の里俗名《りぞく》である。遊里で知られた地で、土橋があったことから、その名で呼ばれていた。

「贔屓《ひいき》にしてる女の名は」

孫六が訊いた。

「鶴吉《つるきち》とかいったな」

　このころ、深川芸者は男のように羽織を着る者が多く、羽織芸者などと呼ばれて張りや意気地を競い合っていた。そのため、名にも男のように助、吉、次などを付ける者が多かったのである。

「洗ってみるか」

　芝之屋を当たれば、倉田をつき止められるかもしれない。

「親分、気をつけなせえよ」

　七兵衛が声を低くして言った。孫六を見つめた目に、むかしの七兵衛を思い出させる凄《すご》みがあった。

「はっきりしたことは分からねえが、辻斬りはひとりだけじゃァねえような気がしやす。親分は知るまいが、半月ほど前、海辺橋の近くでお侍が斬られやしてね」

「それで？」

「ちょうど、近くを通りかかった者がいやしてね。下手人は、羽織袴の御家人ふうだったそうですぜ」

　斬られた侍はすぐに数人の武士に引き取られ、町方が検屍することもなかったという。

「それは、辻斬りとはちがうんじゃァねえのか」

総髪の牢人とは別人らしいが、侍同士の揉《も》め事で斬っただけかもしれない。

「あっしにも分からねえが、まァ、油断しねえこってすね」

そう言うと、七兵衛は口元にうす嗤《わら》いを浮かべ、あっしは仕込みがありやすんで、と言い残して、板場の方へもどっていった。

その日、孫六は土橋まで足を延ばし、芝之屋の店先を覗《のぞ》いただけで長屋へ帰った。芝之屋を当たるのは、明日からにしようと思ったのである。

三

源九郎は大川端を歩いていた。紀伊家の下屋敷の脇の道で、新大橋がすぐ目の前に見えていた。

暮れ六ツ（午後六時）すこし前である。陽は対岸の日本橋の家並のむこうに沈み、西の空は残照に染まっていた。

この日、源九郎はふたりの孫の顔を見に六間堀町の華町家に立ち寄った。その後、六間堀沿いの道を深川方面に歩き、紀伊家の下屋敷の裏手をまわって大川端に出た。わざわざ遠回りをしたのは、又八が辻斬りに襲われた通りを歩いてみようと思ったからである。それに、夕暮れ時に大川端を歩くのは、夕涼みにもなった。

大川の川面は残照を映して、淡い鴇色《ときいろ》に染まっていた。岸に当たる川波の音が、単調にひびいていた。気の早い涼み客を乗せた屋根船や猪牙舟《ちょきぶね》などが、ゆったりと行き来している。

心地好い川風が吹いていた。ぽつぽつと人影があったが、静かな雀色時《すずめいろどき》である。

御籾蔵《おもみぐら》の前まできたとき、源九郎は前方から歩いてくる大柄な御家人ふうの男に目をとめた。四角張った大きな顔、濃い髭《ひげ》、ぎょろりとした目……。どこかで見たような顔だが、思い出せない。

男は真っ直ぐ源九郎に近付いてきた。男も源九郎の顔を見ている。羽織袴姿で、二刀を帯びていた。御家人か小身の旗本といった感じの身装《みなり》である。源九郎と同じ年頃であろうか。鬢《びん》に白髪がまじり、浅黒い顔には皺《しわ》もあった。

ふたりが三間ほどに近付いたとき、ふいに男が立ちどまり、

「そこもとは！」

と言って、目を剝いた。

「華町ではないか」

男は、懐かしそうな顔をして、大股で近付いてきた。

だれだったか。確かにむかしどこかで会った男なのだが、源九郎は思い出せない。

「わしだ、わしだ。安井半兵衛《やすいはんべえ》だよ」

「安井……」

源九郎は、まだ分からなかった。

「蜊河岸《あさりがし》の道場で、いっしょだったではないか」

「安井か！」

やっと思い出した。源九郎が鏡新明智流の道場に通っていたころ、同門だった男である。当時、道場は南八丁堀の蜊河岸にあったのだ。

安井とは年齢も近く入門も同じころだったので、共に競い合って稽古に励んだ記憶がある。数年経つと、安井は籠手《こて》斬り半兵衛といわれるほどの籠手打ちの名手になり、源九郎も安井の籠手打ちには手を焼いた覚えがあった。絶妙の呼吸で打ち込み、かつ迅《はや》く鋭いため、籠手にくると分かっていてもかわせないのである。

源九郎が道場をやめてからは、安井とほとんど顔を合わせることがなくなった。路傍で何度か出会ったこともあったが、ここ二十年の余は会っていないだろう。

ふたりともずいぶん老けた。若いころの面影はあったが、顔付きも雰囲気も変わっていた。思い出せないのも仕方ないだろう。

「息災そうではないか」

安井は懐かしそうな顔をしていたが、目は源九郎の身装にむけられていた。いま、どのような境遇にいるのか気にしているようである。

源九郎は、着古した単衣《ひとえ》とよれよれの袴姿だった。おまけに、単衣の肩口には継ぎ当てまである。だれが見ても、むさい貧乏牢人である。

「おぬしも、元気そうだ」

源九郎も、安井の身装に目をやった。御家人ふうの格好だが、なかなか拵《こしら》えのいい大小を差していた。そこそこ内証《ないしょ》もいいようである。

たしか、安井は小身の旗本の次男坊だと記憶していたが、家を継いだのであろうか。

「こんなところで、立ち話もできぬな」

そう言って、安井は周囲に目をやった。

通りすがりの者が、路傍に立っているふたりに怪訝《けげん》そうな目をむけて過ぎていく。

「一献《いっこん》、どうだ」

安井が目を細めて言った。

「そうだな……」

源九郎は困惑したような顔をして語尾を呑んだ。持ち合わせがない。この場から近い今川町《いまがわちょう》に、お吟《ぎん》のやっている浜乃屋《はまのや》があった。お吟とは情を交わした仲で、勘定は後でも飲ませてくれるはずだが、そこへ安井を連れていくのは気がひけた。

源九郎が戸惑っていると、

「佐賀町に、わしの贔屓にしている店がある。そこへ行こう」

安井が懐に手を置いて言った。勘定は、わしが持つと言っているのである。

「久し振りに若いころのことでも、話すか」

源九郎はすぐに承知した。元来、酒は好きなのである。

安井が連れていったのは、福田屋《ふくだや》という船宿だった。

安井が言ったとおり贔屓にしている店らしく、女将に座敷を頼むとすぐに二階へ案内してくれた。障子をあけると、目の前に大川の川面がひろがっていた。その先には、永代橋と日本橋の家並が淡い夕闇のなかにかすんだように見えていた。なかなか眺めのいい座敷である。

酒肴《しゅこう》の膳がとどき、一献酌み交わした後、

「華町は、御徒衆《おかちしゅう》として出仕したのではないのか」

と、安井が訝《いぶか》しそうな顔をして訊いた。

「いや、出仕の話があっただけだ」

華町家は、代々御納戸衆や御腰物方などを勤める家柄だった。ところが、源九郎の父、孫右衛門《まごえもん》が不始末をしでかして、非役となった。

源九郎が華町家を継ぐおり、孫右衛門の上司だった男が源九郎の剣の腕を見込んで、御徒衆へ推挙するという話があったのだが、結局出仕することはできず、非役のままだったのである。

安井はその当時の噂を耳にして、御徒衆の話を持ち出したらしい。

「それで、いま何をしているのだ？」

「見たとおりの牢人だよ」

源九郎は隠すつもりはなかった。いや、隠したくとも隠せなかったのだ。このみすぼらしい格好を見れば、貧乏牢人であることは言わなくとも分かる。

「華町家を継いだのではないのか」

「継いだが、倅《せがれ》に家督を譲って隠居してな。いまは、長屋暮らしの身だ」

「長屋暮らし……」

安井は眉を寄せた。哀れむような表情がある。

「ところで、おぬしは家を継いだのか」

源九郎が訊いた。

「わしか、わしは、道場をひらいておる」

「道場主……。鏡新明智流のか？」

驚くことはなかった。源九郎がやめた後も、安井は士学館に通っていたのである。その後、さらに腕を上げて、道場をひらいたとて不思議はない。

「そうだ」

「いや、たいしたものだ。それで、道場はどこにひらいたのだ」

源九郎は、安井道場の名を聞いた覚えがなかった。

「本郷の方にな。それが、たいした道場ではないのだ」

安井は苦笑いを浮かべながら言った。

「そんなことはあるまい」

安井の身装を見ても、実入りが多いことは知れる。門弟も多く、盛っている道場にちがいない。

「まァ、なんとか食いつないでいるだけだ」

安井はそう言ったきり、道場のことは話さなかった。

それからふたりは、士学館に通っていたころのことや同門だった門弟の消息などを思い出すままに話した。

半刻（一時間）ほど経ち、お互いの話が尽きたとき、

「それにしても、おぬしの剣、このまま朽ちさせるのは惜しい」

と、安井が声をあらためて言った。

「いまの暮らしは、呑気でいいがな」

源九郎は酒がまわり、顔がいくぶん赤らんでいた。丸顔で、すこし垂れ目。茫《ぼう》洋《よう》とした顔は好々爺《こうこうや》のようであった。

「おぬしに、その気があれば、その腕を生かす仕事もあるのだがな」

安井が源九郎を見すえて言った。剣客らしい鋭さにくわえ、剣の修羅場をくぐ

ってきた者の持つ凄みがあった。

源九郎は、道場の師範代か代稽古の口だろうと思った。

「この歳になると、腰の刀でさえ、重くてな。それに、隠居暮らしはわしの性に合っておる」

源九郎は話を聞かずに断った。

「そうか。まァ、無理にとは言わん。その気になったら、また頼もう」

安井も、それ以上言わなかった。

ふたりは、一刻（二時間）ほどして、福田屋を出た。外は満天の星空だった。

その降るような星空を見上げ、

「華町、まだ、老いるのは早いぞ。もう一花咲かせねば」

安井が声に力をこめて言った。

「そうだな」

源九郎は同意したが、胸の内で、わしの花は、好きなことをして呑気に暮らすことだ、とつぶやいた。

四

孫六が土間で草履《ぞうり》を履き、戸口から出ようとすると、座敷にいた又八が上がり框まで出てきて、

「お義父つァん、話があるんだ」

と、思いつめたような顔をして言った。

「なんでえ」

孫六は土間へもどって訊いた。

「いつまでも、長屋で遊んでるわけにはいかねえんだ」

どうやら、又八は仕事に出たいらしい。まだ、又八は傷口に晒《さらし》を巻いていたが、ほとんど痛みはないようである。又八のような働き者にとって、長屋にくすぶっているのは仕事で歩きまわっているより辛いことなのかもしれない。

「おめえ、殺されてえのか」

「そうじゃァねえが……」

又八は肩を落とした。

「おめえの気持も分かるがよ。いま、出歩くのはあぶねえ」

政吉を痛めつけた倉田と思われる牢人と職人ふうの男が、いまでも又八の命を狙っているとみなければならない。又八がぼてふりで町々を歩きまわるのは、襲ってくれと言っているようなものである。

「どうだろう、陽が沈む前に、長屋に帰ってくることにしたら。……いくらなんでも、人目のあるところで、襲ったりはしねえと思うんだがな」

又八がそう言っているところへ、おみよが脇にきて座った。腹に両手をあてがい、心配そうな顔で亭主の顔を見上げている。

「又八、政吉がやられたのを知ってるな」

「話は聞きやした」

「確かに、政吉が襲われたのは陽が沈んでからだ。でもよ、長屋のすぐ前だぜ。しかも、いきなり刀を抜いて峰打ちをくらわしたそうだ。……やる気なら、すこしぐらい人目があっても、斬りつけてくるぜ」

「……！」

又八の顔がこわばった。孫六の話がもっともだと思ったのかもしれない。

「もうすこし辛抱しろ。おめえをこんな目に遭わせたやろうは、おれがきっとひっくくってやるから」

「でもよ。そろそろ銭もなくなるし、おみよの帯祝《おびいわ》いのこともあるし……」

又八が苦渋に顔をゆがめた。又八は、蓄えが少なくなってきたのも不安らしい。

「銭か」

孫六も銭のことを言われると弱かった。孫六の巾着《きんちゃく》のなかにも、わずかな鐚《びた》銭《せん》が残っているだけである。

「稼がねえと、食っちゃァいけねえぜ」

又八が身を乗り出して言った。

おみよは蒼ざめた顔で、男ふたりの顔を交互に見つめている。又八を危ない目に遭わせることはできないし、かといって銭がなければ、家族三人暮らしていけず、子供を産むこともできないのである。

「又八、銭も大事《でえじ》だが、おめえの身の方が大事だ。そうだろう、おみよ」

孫六が声を強くして言った。老いた義父としては、これ以上ない泣かせる台詞《せりふ》である。

すると、脇に座っていたおみよが、

「お、おまえさん、おとっつァんの言うとおりだよ。おまえさんにもしものことがあったら、あたしも、お腹の赤ちゃんも生きてはいられないんだからね」

と、又八の腕をつかんで泣き声で言った。

「お、お義父つァん、おみよ、すまねえ」

又八が、絞り出すような声で言った。

「銭は、おれが何とかすらァ」

孫六が啖呵《たんか》を切るような口調で言った。

だが、当てはない。言ってしまって孫六は後悔したが、取り消すわけにもいかない。

「行ってくるぜ」

孫六は渋い声で言って、戸口から出ていった。

曇天だった。強い陽射しがないのは助かるが、孫六の気持は空模様のように暗く重かった。金のことが、孫六の気持をふさいでいたのだ。

孫六は深川の土橋まで行って芝之屋を当たり、倉田と思われる牢人を洗うつもりだったのだが、どうも足が重い。

孫六は長屋の泥溝板《どぶいた》を踏みながら金策に思いをめぐらせた。借金をするにも、稼ぎのない孫六には返す当てがないし、第一貸してくれる者もいないだろう。金のことになると、源九郎たち長屋の仲間も当てにならなかった。

孫六は、これまで又八の稼ぎで、食わせてもらってきたことをあらためて実感した。ぼてふりで稼いでいる又八の力を思い知ったのである。

孫六が又八に思いをめぐらせたとき、

……又八に稼いでもらう手がある。

と、気付いた。

すぐに、孫六は又八とおみよのいる家へ取って返した。

腰高障子をあけると、又八が驚いたような顔をして近付いてきた。

「又八、仕事に行ってもらうことにしたぜ」

と、孫六が声を大きくして言った。

「おとっつァん、どういうことよ」

おみよが、又八の脇から顔を突き出すようにして言った。あたしの亭主を見殺しにする気かい、そんなきつい目をしていた。

「おれが、おめえについてやらァ」

「お義父つァんが、売り歩くおれについてまわるのかい」

又八が驚いたような顔をして訊いた。

「おれだけじゃァねえ。長屋には、剣術の強《つえ》えお方が何人もいるじゃァねえか」

孫六は、源九郎と菅井の名を出した。もってこいの用心棒である。それに、又八の身を守るだけではなく、辻斬りがあらわれれば始末することもできるのだ。

「いくらなんでも、華町の旦那や菅井の旦那に、ぼてふりのお供をさせるわけにはいかねえ」

又八は困ったように視線を落とした。

「なに、帰《けえ》りだけだ。それも、長屋の近くからでいいだろうよ」

政吉から話を聞き出した牢人と職人ふうの男は、又八が伝兵衛長屋の住人で、稼業はぼてふりであることを知っているはずだった。又八を狙うとすれば、尾《つ》けまわしたりはせず、仕事帰りを長屋近くで待ち伏せるだろう。

「又八、仕事は七ツ（午後四時）ごろで打ち切ってな、両国橋の東のたもとで、待ち合わせるんだ。そこから、長屋までの間、腕の立つ長屋の者がいっしょなら安心だぜ」

「それじゃァ、華町の旦那や菅井の旦那にもうしわけねえ」

又八が小声で言った。

「なに、長屋の者は相身互いだ。……みんな、おめえや産まれてくる子のために動いてくれてるんだぜ」

孫六がそう言うと、おみよが、

「おまえさん、そうしてもらおうよ」

と、涙声で訴えた。

「ありがてえこった……」

又八は洟《はな》をすすり上げ、涙声で言った。

「それじゃァ、明日からだ」

すでに陽は高い。鮮魚を扱うぼてふりが、商売に出るには遅すぎるのだ。

孫六は、行ってくるぜ、とあらためて言い、胸を張って戸口から出ていった。

五

紅殻格子《べんがらごうし》の脇の長床几に、棒縞《ぼうじま》の着物を着流した男が腰を下ろしていた。妓夫《ぎゆう》(遊女屋の若い衆《し》)らしい。三十がらみ、肌の浅黒い、髭の濃い男だった。

芝之屋は二階建ての大きな女郎屋で店先に暖簾が出ていたが、まだ客はないのか、ひっそりとしていた。

「ごめんなせえ」

孫六は腰をかがめ、愛想笑いを浮かべながら妓夫に近寄った。

「爺《じい》さん、遊びに来たのかい」

妓夫が、口元にうす嗤いを浮かべて訊いた。

「いえ、ちょいと訊きてえことがありやしてね」

「なんだ、客じゃァねえのか」

男は白けたような顔をした。

「この歳じゃァ、下の方もいうことをききませんや」

孫六は愛想笑いを浮かべながら言った。こういったときは、袖の下をつかませて話を聞くのが常道だが、孫六は銭を使いたくなかった。世辞とおべっかで、男から話を聞き出さねばならない。

「ハッハハ……。まったくだ」

男が笑った。機嫌はいいようだ。

「実は、あっしの知り合いの娘が、芝之屋さんで奉公してましてね」

「ほう、だれだい?」

「鶴吉ってえ名で店に出てるはずですが、おりやすか」

孫六は巧みに話をもっていった。

「おう、いるよ。うちの上玉だぜ」

男は何の不審もいだかず、話に乗ってきた。

「芝之屋さんの近くへ行ったら、娘の様子をそれとなく聞いてくれ、と知り合いに頼まれやしてね」

孫六がもっともらしく訊いた。

「それで」

「病《やまい》にかかっちゃァいませんかい」

「元気だぜ。うちじゃァ稼ぎ頭だよ」

男はうす笑いを浮かべた。

「それを聞いて安心しやしたが、ちょいと気になる話を聞きやしてね」

孫六は困惑したように顔をしかめて見せた。

「どんな話だい？」

「ちかごろ、鶴吉に人相のよくねえ牢人が情夫《いろ》のようにつきまとい、店にもよく来て困っているとか」

孫六はもっともらしく話した。

「なに、情夫だと。鶴吉に、そんな男はいねえぜ。……そう言っちゃァなんだが、芝之屋には、悪い虫のついてる女はいねえよ」

「でも、牢人が鶴吉を贔屓にして、よく店にくると聞いてやすがね」

「倉田さんのことか」

「そうかもしれやせん」

やっぱり、牢人の名は倉田である。

「そんなら安心しな。まァ、人相はよくねえが、金は持ってる。女から金を絞り取るようなけちな真似はしねえよ。店にも、鶴吉にも上客だぜ」

「その牢人、何をしてるんです？」

「何をしてるか、知らねえよ。剣術が強えそうだから、金持ちの用心棒でもしてるんだろうよ。……爺さん、辻斬りかもしれねえぜ。うろうろしてると、おめえの首もバッサリてえことになるかもしれねえな」

男はおどけた口調で言った。冗談のつもりらしい。

「脅かさねえでくだせえ」

孫六は首をすくめて身震いして見せたが、腹の内では、言い当ててるかもしれねえ、と思った。

「爺さん、もう行きな。いつまでも、店先で話してるわけにゃァ、いかねえからよ」

　男は顔の前で、あっちへ行けというふうに手を振った。

「お邪魔しやした」

　孫六はぺこりと頭を下げ、その場から離れた。腹が立ったが、この男にはまだ話を聞くこともあるかと思い、我慢したのである。

　それから、孫六は近所の料理茶屋や女郎屋などをまわり、若い衆や下働きの者などをつかまえて、それとなく訊いたが、牢人のことで新たに分かったのは、倉田左之助《さのすけ》という名と三十がらみで総髪ということだけだった。

　孫六は陽が家並のむこうに沈みかけたころ、永代寺門前東仲町を出て相生町へむかった。今日はここまでにして長屋へ帰るつもりだった。

　孫六は大川端までもどり、川沿いの道をたどって竪川にかかる一ツ目橋を渡り、相生町へ出た。陽が沈み、竪川沿いの家並は淡い夕闇につつまれていた。表店は大戸をしめ、人影もなくひっそりとしている。

　長屋へつづく路地木戸をくぐったとき、井戸の脇にある欅《けやき》の幹の陰に人影があるのに気付いた。大工か鳶《とび》のような格好の男だった。濃紺の半纏《はんてん》に同色の股引、茶の手ぬぐいで頬《ほ》っかむりしていた。いずれも、闇に溶ける黒っぽい装束である。

……長屋の者《もん》じゃァねえ。

すぐに、孫六は気付いた。

男の身辺に、闇にひそむ獣のような気配がただよっていたのである。

孫六は小走りに近寄り、

「だれでえ、おめえは」

と、声をかけた。

一瞬、男は身を硬くして、孫六に顔をむけた。夕闇のなかで、底びかりのする目が孫六を凝視した。

次の瞬間、男は反転すると、路地木戸の方へ疾走した。迅《はや》い。夜走獣を思わせる身のこなしである。

「待ちな！」

孫六は声を上げ、慌てて男の後を追ったが、見る間に男の後ろ姿は遠ざかった。

路地木戸のところまで追って、孫六は足をとめた。逃げる男の姿は、木戸の右手にある下駄屋の角をまがって見えなくなった。

　孫六は、牢人といっしょにいた職人ふうの男ではないかと直感した。

……うかうかしちゃァいられねえぜ。

　孫六は背筋を冷たい物で撫《な》でられたような気がして身震いした。又八を始末するために、長屋にまで入り込んできたのである。

　下手をすると、長屋にいる又八を襲いかねない。孫六は、早く辻斬りを捕らえないと又八を守りきれないと思った。

六

　源九郎は、両国橋の東の橋詰に立っていた。橋詰は大変なにぎわいだった。床店や物売りが並び、大勢の老若男女が行き交っている。白い靄《もや》のような砂埃がたち、雑踏のなかから甲高い物売りの声や子供の泣き声などが絶え間なく聞こえてきた。

　源九郎は又八が来るのを待っていたのだ。孫六から事情を聞き、又八といっしょに帰ることを承知したのである。

　いっとき待つと、天秤棒で盤台《ばんだい》をかついだ又八の姿が見えた。人混みを縫うように足早に歩き、源九郎のそばに近付いてきた。

「旦那、もうしわけねえ」

又八は首をすくめるように頭を下げた。

「どうだ、商いは?」

源九郎は気安く訊いた。

「へい、お蔭で仕入れた魚は、はけやした」

なるほど盤台は空である。

「よかったな。おみよや孫六もほっとしているだろう」

「みんな、旦那方のお蔭で」

又八は涙ぐんで言った。

「気にするな。どうせ、暇をもてあましている連中なのだ」

源九郎は、ゆっくりと歩きだした。又八は殊勝な顔をして跟《つ》いてくる。

橋詰の広小路を抜け、竪川沿いの通りへ出ると、急に人通りがすくなくなり、さっきまでの雑踏が嘘のように静かになった。

本所元町《もとちょう》に入り、一ッ目橋の近くまで来ると、さらに人影はまばらになり、家路を急ぐ出職の職人やぼてふりなどがちらほら見えるだけになった。

……狙うとすれば、この辺りからだな。

源九郎は、通りの周囲に目を配った。

孫六から、辻斬りといっしょにいた職人ふうの男が長屋のなかまでもぐり込んでいたと聞いて、途中で待ち伏せている可能性は高い、と源九郎はみていた。又八も、緊張しているらしく顔がこわばっている。

だが、それらしい人影はなかった。

前方に、長屋につづく路地木戸が見えてきた。

と、男がふたり路地木戸から飛び出してきた。咄嗟《とっさ》に、源九郎は又八の前に立って足をとめたが、ふたりの男は茂次と孫六だった。

何かあったのか、ふたりの顔がこわばっている。

「どうしたのだ？」

源九郎が訊いた。

「へ、へい、花房町《はなぶさちょう》の猪之助《いのすけ》が殺《や》られやした」

孫六が声をつまらせて言った。

「猪之助というのは？」

「岡っ引きでさァ。辻斬りを追ってたらしいんで」

孫六によると、神田花房町に住む老練の岡っ引きで、当初から辻斬りを追っていたという。

「場所は？」

源九郎も、行ってみようと思った。長屋は目の前なので、又八もここまで来れば安心である。

「本所横網町《よこあみちょう》の大川端でさァ」

横網町はここから遠くない。

「又八、おまえのお供はここまでだ。長屋にもどってくれ」

「へ、へい」

又八はうなずき、孫六に、気をつけてくだせえ、と声をかけ、小走りに長屋へもどった。

三人は横網町へむかった。回向院《えこういん》の裏手をまわれば、すぐに横網町へ出られる。道々、茂次が話したことによると、仕事の帰りに大川端を通り、町方や野次馬が集まっているのを見て、覗《のぞ》いてみたという。人垣のなかに斬殺死体が横たわっており、集まった者たちの話から、死体が猪之助という岡っ引きであることを知った。

「旦那たちに知らせようと思い、急いで帰《けえ》ってきたが、とっつァんしかいねえので、ふたりで飛び出したところだったんでさァ」

茂次が早口で言い添えた。

横網町へ行ってみると、暮れなずんだ大川端に人垣ができていた。通りすがりの野次馬に混じって岡っ引きらしい男が数人混じっている。黄八丈《きはちじょう》に巻羽織姿の八丁堀同心の姿もあった。淡い夕闇につつまれ、どの顔もはっきりしなかった。

「村上《むらかみ》の旦那だ」

孫六が小声で言った。

八丁堀ふうの男は村上彦四郎《ひこしろう》である。村上は南町奉行所の定廻り同心だった。源九郎は村上と面識があった。これまで、源九郎がかかわった事件で、村上に手を貸したことがあったのである。

「栄造もいやすぜ」

「そのようだな」

栄造は村上の脇に立って足元に目を落としていた。おそらく、死骸はそこに横たわっているのだろう。

源九郎たちが近付くと、村上と栄造が顔をむけた。村上は渋い顔をしただけで、視線を足元に落としてしまった。悪気はないのだが、八丁堀同心としては、貧乏長屋の住人に親しい態度を見せたくないのだろう。

一方、栄造はすぐに源九郎たちのそばに近付いてきた。

「猪之助が、殺られたそうだな」

孫六が訊いた。

「へい、見ますかい」

栄造が立っている村上の足元を指差した。

細縞《ほそじま》の着物を尻《しり》っ端折《ぱしょ》りしている男が、川岸の叢《くさむら》につっ伏しているのが見えた。顔は雑草のなかに埋もれている。

源九郎たち三人は人垣から前に出たが、死骸のそばまでは行かなかった。町方でもない者が勝手に近付けば、検屍をしている村上の顔をつぶすだろうと思い、遠慮したのである。

そこからでも、死骸の様子は見てとれた。猪之助は首根あたりを斬られたらしく、首まわりと肩口がどす黒い血に染まっている。

猪之助の十手を持った右手が、二の腕から奇妙にまがっていた。皮肉を残して截断《せつだん》されたらしい。

……籠手斬りか。

そう思ったとき、源九郎の脳裏に安井半兵衛のことがよぎった。

一瞬、下手人は安井ではないかと思ったが、すぐに打ち消した。

猪之助は十手を握った右腕を斬られていた。猪之助が十手を突き出したとき、咄嗟にその腕を斬り落としたとみられる。籠手斬りが得意でなくとも腕に覚えのある者なら、だれでもやるだろう。手を截断されていたからといって、安井に結び付けるのはあまりに性急である。

「猪之助親分は、松村屋と相模屋を探っていやしてね。ここを通りかかったのは、松村屋へ行った帰りらしいんで」

栄造が小声で言った。

「松村屋と相模屋をな」

源九郎は、栄造から二店のことを聞いていた。いずれも、番頭が辻斬りに斬られた店である。

それにしても、妙だった。辻斬りの探索に被害者である店を調べる必要があるのだろうか。

源九郎がそのことを訊くと、

「あっしも妙だと思いやしてね、猪之助に訊いてみたんでさァ。猪之助は、松村屋と相模屋が、そっくりなのが気になる、ただの辻斬りじゃァねえかもしれねえ、そう言いやしてね。ひとりで探っていたようなんで」

「何が似ているのだ」

「へえ、まず、松村屋と相模屋は、奉公人が十数人の同じくらいの店でしてね。しかも、番頭が掛け金を集めた帰りに斬られて金を取られていやす。それに、二店ともちかごろ左前のようなんで」

そのとき、源九郎と栄造のやり取りを聞いていた孫六が、

「そういやァ、やけに似てるな」

と、目をひからせて言った。

七

厚い雲が空をおおい、いまにも雨が降ってきそうだった。

七ツ（午後四時）をすこし過ぎたところだが、夕方のように薄暗かった。天候のせいもあるのか、両国橋東の橋詰は、いつもより人出がすくなかった。

源九郎は橋のたもとに立っていた。又八をここで待つのは、二度目である。菅

井、孫六、茂次の三人も交替で又八の護衛についたので、源九郎としては四日ぶりということになる。この間、何事もなく、辻斬りらしい男を見かけたこともなかった。

いっときすると、天秤棒をかついだ又八が姿を見せ、小走りに近寄ってきた。

「旦那、もうしわけねえ」

又八は恐縮し、何度も頭を下げた。同じ長屋の住人とはいえ、武士に護衛をさせるのは又八としても気が引けるのであろう。

「気にするな。たいしたことではない」

源九郎は、そう言って先に歩きだした。

源九郎たちにすれば、たいした負担ではなかった。四日に一度、半刻（一時間）ほど、都合つければいいのである。それに、薄暗い部屋で傘張りをしている源九郎にとっては、ちょうどいい息抜きにもなった。

「ねえ、旦那」

後ろから又八が話しかけた。

「なんだ」

「お義父つァんの思い過しじゃァねえですかね。あっしは、命を狙われているような気がしねえんで」

又八が言った。どうやら、ここ数日それらしい人影も見なかったので、又八の気がゆるんできたらしい。

「又八、大川端で鉢合わせしたとき、大店の旦那ふうの男が倉田に、こいつを、斬っちまえ、と言ったんだな」

歩きながら、源九郎が訊いた。そのときのことは孫六を通して聞いていたが、念を押したのである。

「へえ、確かにそう言いやした」

「ということは、その男は牢人に命ずることができる立場とみていいだろう」

ふたりはどういう関係であろう。大店の旦那ふうの男は町人のはずだ。一方、倉田は牢人とはいえ、武士である。町人が武士に命じたとなると、まず、考えられるのは親分子分の関係である。

「そうかもしれやせん」

「おまえは、その男と鉢合わせをしたとき、はっきりとその男の顔を見たのだな」

「へ、へい」

「わしが思うに、その男はおまえに顔を見られたのは、まずいと思い、斬るよう命じたのではないかな」

となると、何か悪事にかかわっている男とみていいのではないか。

「……」

「その男はいまでも、おまえを生かしてはおけぬ、と思っているはずだ。簡単にあきらめたりはしないだろう」

その後、倉田と職人ふうの男が、又八の居所を探るために政吉を打擲《ちょうちゃく》し、さらに長屋のなかにまで入り込んで、探っているのだ。そうしたことを考えれば、又八を襲わない方が不思議なくらいである。

源九郎の話を聞いて、又八の顔がこわばった。慌てて源九郎に身を寄せ、怯《おび》えたような目で通りの左右を見ている。又八も、このままではすまないと思ったようだ。

竪川沿いの通りはうす暗く、いつもより人影がまばらだった。表店はまだあけていたが、店先に客の姿はなかった。竪川の波が、岸の石垣を打つ音が足元から絶え間なく聞こえていた。

「だ、旦那、あそこにだれかいやす」

又八がひき攣《つ》ったような顔で言った。

見ると、一ッ目橋のたもとの柳の陰に人影があった。濃紺の半纏に同色の股引、茶の手ぬぐいで頰っかむりしている。

……長屋へ探りにきた男ではあるまいか。

源九郎は、孫六から男の扮装《いでたち》を聞いていたのだ。

「旦那、どうしやす」

又八が声を震わせて訊いた。立っている男は職人ふうだが、身辺にただならぬ気配がただよっている。

「恐れることはあるまい。あの男は辻斬りではないようだ」

すばしっこい感じはしたが、それらしい武器は持っていなかった。

長屋に忍び込んだ男なら、峰打ちにして捕らえてもいい、と源九郎は思った。

源九郎はそのまま橋のたもとに近付いていった。又八も源九郎に身を寄せて恐る恐る跟いてくる。

と、男が樹陰からゆっくりした足取りで通りへ出てきた。すこし顔を伏せるようにして、近付いてくる。人相は分からなかったが、上目遣いの細い目が獲物を狙う蛇《くちなわ》を思わせた。

「もうひとり来たぞ」

そのとき、牢人体の男が、足早に一ッ目橋を渡ってくるのが見えた。

総髪で、痩身だった。大刀を一本落とし差しにしている。

「あ、あの男だ、あっしに斬りつけたのは！」

又八が声を震わせて言った。恐怖に身を顫《ふる》わせている。

倉田左之助であろう。どうやら、ふたりで又八を待ち伏せていたようだ。

「又八、後ろへ」

源九郎はすこし間をあけて川岸を背にして立ち、背後に又八をまわらせた。背後からの攻撃を避けるためである。

職人ふうの男と倉田は、三間余の間を取って足をとめた。

「後ろの男に用がある。年寄りは、どきな」

職人ふうの男が、恫喝《どうかつ》するように言った。源九郎をうらぶれた年寄りと見て、あなどったようだ。

倉田は両手をだらりと垂らしたまま、源九郎の左手にまわり込んできた。刺すような目で源九郎を見つめている。顔色は土気色をしていたが、唇が妙に赤かった。その顔付きのせいか、残忍で酷薄な感じがした。

「おまえの名は」

源九郎が職人ふうの男に訊いた。

「名などどうでもいい。死にたくなかったら、とっとと失《う》せろ」

職人ふうの男が吐き捨てるように言った。

「ならば、刀にかけて訊くか」

言いざま、源九郎がゆっくりした動作で抜刀した。

「やろう！　やる気か」

職人ふうの男がふところから匕首《あいくち》を抜いて身構えた。

その様子を脇から見ていた倉田が、ゆっくりした足取りで職人ふうの男の前に出てきて、

「こいつは、おれにまかせろ」

と、くぐもった声で言って、刀を抜いた。

「倉田左之助か」

源九郎が言うと、倉田はハッとしたような顔をした。

「名を知られたからには、うぬも生かしておけんな」

倉田はそう言って、下段に構えた。

両肩が落ち、切っ先が地面に付くほど刀身を下げている。上半身をいくぶん前に倒し、上目遣いに源九郎を見すえている。低く身構えた姿は、藪《やぶ》にひそむ野獣のようであった。

対する源九郎は青眼だった。切っ先を敵の目線につけ、どっしりと構えていた。双眸《そうぼう》が鋭くひかり、その顔から茫洋とした表情が消えていた。剣客らしい凄みのある面貌《おもて》である。

一瞬、倉田の顔に驚愕《きょうがく》の表情がよぎった。源九郎の構えから、腕のほどを読んだにちがいない。老いぼれに見えた相手が、これほどの遣い手とは思わなかったのであろう。

だが、倉田の表情はすぐに消えた。無表情だが、両眼は射るような鋭さがある。

倉田が低い体勢のまま、間合をせばめてきた。切っ先が地面をするように迫ってくる。下から突き上げてくるような威圧があった。

対峙した源九郎は微動だにしなかった。切っ先は敵の目線につけられたままピクリとも動かない。倉田もまた、そのまま突かれるような威圧を覚えたはずである。

だが、倉田は寄り身をとめなかった。ジリジリと両者の間合が狭まってくる。一足一刀の間境の手前だった。

フッ、と倉田の肩先が沈んだ。瞬間、倉田の全身に斬撃の気が疾《はし》った。次の瞬間、倉田の体が躍動し、切っ先が源九郎の腹部にのびてきた。槍の刺撃のような突きである。

タアッ！

短い気合を発しざま、源九郎が鋭く斬り下ろした。

甲高い金属音がひびき、ふたりの刀身が上下に撥《は》ねかえった。倉田の突きを源九郎が上からたたいたのである。

刹那、ふたりは左右に跳びざま、二の太刀をふるった。

源九郎は刀身を返しざま敵の肩口へ袈裟《けさ》に斬り込み、倉田は刀身を横に払った。一瞬の攻防である。

ふたりは大きく間合をとり、反転し、ふたたび切っ先をむけあった。

倉田の着物の左の肩口が斜に裂けていた。肌にもかすかに血の色があったが、かすり傷である。

一方、源九郎は無傷だった。倉田のふるった一撃は、源九郎の腹部にとどかなかったのである。

「一寸、伸びがたりなかったな」

源九郎は、ふたたび切っ先を敵の目線につけた。

倉田の顔に狼狽《ろうばい》の色が浮いた。源九郎の剣の冴えに、驚愕と恐れを覚えたようだ。

つ、つ、と倉田が後じさった。

「勝負はあずけた」

言いざま、倉田はきびすを返した。このまま立ち合いをつづけるのは不利とみたのであろう。

「覚えてやがれ、このままにはしねえぜ」

捨て台詞を残して、職人ふうの男も駆けだした。

ふたりは、一ッ目橋を走っていく。源九郎は追わなかった。ふたりの姿が橋のむこうに沈むように消えていった。

「おととい、きやがれ！」

ふたりの姿が消えてから、又八が怒声を上げた。その顔に、勝ち誇ったような表情があった。

「又八、やつら、また仕掛けてくるかもしれんぞ」

源九郎がそう言うと、

「ヘッ」

と喉のつまったような声を洩《も》らし、又八が亀のように首をひっこめた。

第三章　金貸し銀蔵

一

茂次はこんもりと葉を茂らせた柳の陰にいた。小名木川の岸辺で、背後から涼気をふくんだ川風が流れてくる。

茂次はちいさな床几《しょうぎ》に腰を下ろしていた。膝先には、さまざまな種類の砥石《といし》と鑢《やすり》の入った仕立箱があり、脇には水を入れた研《と》ぎ桶が置いてあった。茂次は路地や長屋をまわって包丁、鋏《はさみ》、小刀などを研いで銭をもらっていたが、小半刻（三十分）ほど前からここに腰を落ち着けて客が来るのを待っていた。

斜向《はす》かいに相模屋があった。奉公人に混じって、大工や木挽《こびき》らしい男が店に出入りしているのが見えた。材木問屋らしく、土蔵造りの店舗のほかに倉庫があり、店の左右には原木が積まれ、材木が立て掛けてあった。材木が夏の陽射しを反射《はね》て、白くひかっている。

茂次は、商売をしながら相模屋の内情を探るつもりでここに来ていた。横網町の大川端で、猪之助の斬殺死体を見た後、孫六に、

「茂次、相模屋と松村屋をそれとなく探ってくれねえか」

と、頼まれた。

いっしょにいた源九郎も、

「どうも、今度の事件は根が深いようだ。相模屋と松村屋を調べないと事件の筋が見えてこないかもしれんな」

と言い添えたので、茂次は承知したのである。

しばらくすると、黒襟の付いた着物に前だれ姿の年増《としま》が近付いてきた。近くの小店の女房といった感じである。

「研ぎ屋さんかい」

女は茂次の膝先に並べてある研ぎ道具に目を落としながら訊《き》いた。

「へい、ここいらは初めてだし、姐《あね》さんとの顔つなぎに、包丁一本十五文でどうです」

茂次が愛想笑いを浮かべて言った。通常、包丁や鋏など二十文もらっていたので、五文安いことになる。

「そうかい。待っててておくれ、いま、持ってくるから」

そう言い置くと、女は下駄を鳴らして向かいの小店に入っていった。軒先に足袋の看板が出ていた。足袋屋の女房らしい。

女は包丁と鋏を持ってきた。包丁は歯が欠け、鋏は赤く錆《さ》びている。

「姐さん、ちょいと待ってもらえますかね。……姐さんの顔が映るぐれえに、きれいに研ぎやすぜ」

そう言うと、茂次はすぐに包丁を研ぎ始めた。

女は柳の木陰に入って、脇から茂次の手元を覗《のぞ》き込んでいる。

まず、錆を取る荒砥《あらと》で、包丁の錆を落とし始めた。一研ぎごとに、赤茶けた錆が砥面にひろがっていく。

「たしか、相模屋さんでしたよね。番頭さんが辻斬りに殺されたのは」

茂次は包丁を研ぎながら、相模屋に目をやった。

「そうなんだよ。集金した八十両も取られたらしいよ」

女房は、すぐ話にのってきた。

これが、茂次の聞き込みだった。研ぎ終わるのを待っている近所の女房連中から、言葉巧みに聞き出すのである。女房たちも、待っている時間潰しに話にのってくる者が多い。

「殺された番頭さんはかわいそうだが、八十両ぐれえ、どうということはあるめえ。相模屋さんは、あれだけの身代だ」

「とんでもない。相模屋さん、ちかごろ苦しいらしいよ。あるじの徳十郎《とくじゅうろう》さんが、金策に頭を下げてあちこち歩いているそうだよ」

女房は、茂次の脇に屈み込み、声をひそめて言った。目が生き生きとしている。どうやら、この手の噂が好きらしい。

「そんなことはねえだろう。見たとこ、商いも繁盛してるらしいし、なんてたって相模屋は老舗《しにせ》だ」

茂次が言った。

「それがね、相模屋さんには、金食い虫がいるのさ」

「金食い虫。なんでえ、そりゃァ」

「倅《せがれ》の利三郎《りさぶろう》さんよ」

女房がさらに声をひそめた。

「倅がどうかしたのかい」

「道楽者でね。吉原の女につぎ込んだらしいんだよ。初めのうちは店から金を持ち出して吉原に通ってたようだけど、親に意見されてから金貸しに借りて遊ぶようになったらしいんだよ」

「でもよ、そんな道楽息子なら、勘当しちまえばいいじゃァねえか」

話を聞きながらも、茂次の手は休みなく動いている。包丁を研ぎ終わって鋏にかかっていた。

「それができないらしいんだ」

「どうしてだい？」

「金貸しは相模屋さんに乗り込んできて、あるじの徳十郎さんに返済を迫ったらしいんだ。なんでも、証文に相模屋で払うと一筆入ってたらしいよ」

「大金なのかい」

「そうらしいよ。うちの亭主が言うには、店がかたむくほどの大金だって」

「へえ、知らなかったな」

茂次は驚いてみせた。

「そこへもってきて、八十両も取られただろう。近所じゃァ、相模屋さん一家は夜逃げするんじゃァないかって、噂だよ」

なぜか、女房の顔に満足そうな色があった。いい話し相手をつかまえて、近所の災難を存分に話せたからであろうか。

「ところで、その金貸しはだれだい」

茂次は女房に顔をむけて訊いた。

「そこまでは、あたしも知らないよ」

女房は、立ち上がった。屈み込んでいたので、足が痛くなったようである。

「へい、お待ち」

包丁と鋏が研ぎ上がっていた。

「おや、きれいだねえ」

女房は包丁と鋏を手にして顔をくずした。錆びが取れ、よく切れそうである。

女房は、すぐに財布から三十文取り出して茂次に手渡した。

「姐さんの器量のいい顔が映りやすぜ」

茂次は、銭を巾着《きんちゃく》にしまいながら歯の浮くような世辞を言った。

「やだよ、あたし、子供がふたりもいるんだからね」

女房は顔を赤くし、なじるような目で茂次を見たが、まんざらでもないらしく、研ぎ屋さん、また来ておくれよ、と言い置いて、腰をふりふり帰っていった。

それから、茂次はすこし場所を替え、別の女房から相模屋のことを聞いたが、それほどの収穫はなかった。その女房の話によると、利三郎は一人っ子で甘やかされて育ったため、年頃になると、悪い仲間に入り、親に隠れて岡場所や賭場などにも出入りするようになったそうである。

茂次は研ぎ道具を風呂敷につつんではぐれ長屋へ帰りながら、

……明日は、松村屋を探ってみるか。

と、つぶやいた。

二

孫六は樫《かし》の葉叢《はむら》の陰に身をひそめていた。そこは、芝之屋からすこし離れた稲荷の境内である。境内といっても、ちいさな稲荷で、祠《ほこら》の周囲をわずかばかりの樫や檜《ひのき》などの常緑樹がかこっていた。

孫六は三日前から陽が西にかたむくとここに来て、芝之屋の店先を見張っていた。倉田左之助の正体をつかむためである。

孫六は焦っていた。源九郎と又八が倉田と職人ふうの男に待ち伏せされたことを聞き、

……早くつかまえねえと、又八が殺《や》られる。

と、思ったのである。

そのときは、源九郎が追い払ったらしいが、又八のそばに源九郎のような腕利きがいつもついているわけではない。次は源九郎や菅井がいっしょでないときを狙うだろう。そうなると、仕留められる可能性が高かった。

孫六は腰の痛みにたえながら、中腰になって葉叢の間から芝之屋の店先に目をむけていた。すでに、暮れ六ッ（午後六時）を過ぎている。まだ、倉田らしい牢人体の男は姿を見せなかった。

……ちくしょう、早く姿を見せやがれ。

孫六は胸の内で毒づいた。

長年岡っ引きをしていた孫六は、張り込みや尾行は何より根気が大事だと知っていたが、この歳になると、長時間の張り込みは体にこたえるのだ。

それから小半刻（三十分）ほど経ち、町筋が淡い夜陰につつまれてきたころ、大刀を一本落とし差しにした牢人体の男が姿を見せた。

……やつかも、知れねえ。

孫六は目を凝《こ》らした。

辺りが薄暗く、顔は見えなかったが、総髪であることは分かった。男は芝之屋に近付いていく。

芝之屋の店先に立ったとき、軒下につるした提灯《ちょうちん》の明りに男の顔が浮かび上がった。三十がらみ、面長で痩身である。

……やつだ！

孫六は直感した。

倉田と思われる男は店先にいた妓夫《ぎゆう》に何か声をかけ、格子戸をあけてなかに入っていった。

……さて、これからが、おれの腕の見せどころだ。

登楼したとなると、すぐには出てこないだろう。二刻（四時間）ほどで出てくるか、明け方になるか。流連《いつづけ》ということもあるだろう。腰を据えて見張らねばならない。

孫六はともかく腹ごしらえをしてからだと思い、稲荷を出ると、町筋を歩いてめしの食えるところを探した。店構えのいい料理屋やそば屋はすぐに見つかったが、ふところが寂しかったので通り過ぎた。

一町ほど歩くと、小体《こてい》な一膳めし屋があった。ここなら安そうだと思い、縄暖簾《のれん》をくぐった。注文を聞きにきた小女に、酒を一本だけ頼んだ。その酒を、時間をかけてチクチク飲み、それから菜めしを食った。

一膳めし屋を出ると、外は満天の星空だった。もう、五ツ（午後八時）を過ぎているだろう。上空に十六夜の月が皓々《こうこう》とかがやいている。

土橋の繁華街は料理茶屋や遊廓の灯《ひ》でぼんやりと明らみ、三味線の音、華やいだ嬌声《きょうせい》、男の哄笑《こうしょう》などがさんざめくように聞こえてきた。花街らしい、華やいだ雰囲気につつまれている。

孫六はふたたび稲荷の境内にもどり、樫の葉叢の間から芝之屋の店先を覗いた。

なかなか倉田と思われる男は出てこなかった。ときおり、商家の旦那ふうの男や職人ふうの男などが店から出ていったが、牢人体の男は姿を見せなかった。

孫六は明け方までねばるつもりになっていたが、稲荷の境内にもどって一刻（二時間）ほどもしたとき、店先から牢人体の男が出てきた。

……やつだ！

まちがいなかった。倉田と思われる男である。

男は土橋の繁華街を足早に富ヶ岡八幡宮の門前の方へ歩いていく。孫六は稲荷から出て、男の跡を尾《つ》け始めた。

町筋には、ぽつぽつと人影があった。花街の淫靡《いんび》な明りのなかを飄客《ひょうかく》、楼閣帰りの男、箱屋を連れた芸者などが通り過ぎていく。

尾行は楽だった。孫六の姿は行き交う人影のなかにまぎれ込んだし、男の姿は月光に浮かび上がったように見えていたからである。

男は富ヶ岡八幡宮の門前につづく表通りを歩き、一ノ鳥居をくぐって黒江町《くろえちょう》に出た。そして、掘割にかかる八幡橋の手前を右手にまがり、掘割沿いにあった路地木戸をくぐった。

……やつの塒《ねぐら》だな。

男は路地木戸の先の長屋に入っていった。

孫六は路地木戸の前まできて足をとめた。周囲に目をやったが、話を聞けるような家はなかった。掘割沿いに表長屋や裏店《うらだな》がごてごてとつづいていたが、どの家も夜陰に沈み、ひっそりと寝静まっていた。

……明日だな。

孫六は出なおそうと思った。今日のところは、倉田らしき男の住処が分かっただけで十分だった。聞き込みは、明日からである。

翌日、孫六は午後になってから黒江町に足を運んできた。午前中は、長屋で休んでいたのである。さすがに疲れていた。昨夜、遅くまで歩きまわったせいで、足腰がひどく痛んだ。

それでも、孫六はすこしも辛いとは思わなかった。産まれてくる孫のことに思いをめぐらせると、胸の底から温かいものが溢れてくるのである。そして、自分の苦労は、おみよと又八、それに孫を守ることにつながるのだと思うと、足腰の痛みなどどうということはないのだ。

孫六は用心して、路地木戸からすこし離れた場所で聞き込みを始めた。牢人に知られれば、孫六が狙われるし、せっかくつかんだ塒から姿を消す恐れもあったのである。

「ごめんよ」

孫六は小体《こてい》な酒屋に入った。

「いらっしゃい」

小柄な五十がらみの親父だった。

「おれは番場町の孫七《まごしち》って者だが、ちと、訊きてえことがあってな」

わざと、岡っ引きらしい物言いをした。孫七にしたのは、念のために偽名を遣ったのである。

「親分さんで」

「まァな」

孫六は否定しなかった。岡っ引きと思わせておいて、話を聞こうと思ったのである。

「この先に長屋があるだろう」

孫六は倉田と思われる男が入っていった路地木戸のことを話した。

「竹五郎《たけごろう》長屋ですか」

どうやら長屋の名は竹五郎らしい。

「その竹五郎長屋に、倉田左之助ってえ牢人者がいねえかい」

「左之助かどうか分かりませんが、倉田とかいう牢人はいますよ」

「いるかい」

芝之屋から尾けてきた男が倉田であろう。

「独り者かい」

「そのようですよ」

親父の顔に嫌悪の表情が浮かび、物言いもぞんざいになった。倉田のことをよく思っていないようである。

「何をして暮らしてる？」

「さァ、てまえは存じませんが……。近所の者との付き合いはないようですよ」

親父によると、倉田は得体の知れない牢人で近所の者は怖がって近付かないのだという。

「だれか訪ねてくるようなことはねえのか」

孫六は仲間がいるだろうと思った。

「訪ねてきたのかどうか知りませんが、職人ふうの男といっしょに歩いているのを何度か見かけたことがありますよ」

「二十四、五の、目の細《ほせ》え男じゃァねえか」

孫六は、源九郎と又八から聞いた牢人といっしょにいた男のことを口にした。

「その男ですよ」

「やっぱりそうか。で、そいつの名は？」

「名までは知りませんよ」

「他には、どうだい」

「さァ、見たことはありませんね」

親父は面倒臭そうに言った。

孫六が口をつぐむと、親父はそれを待っていたかのように、

「てまえは、用がありますんで、これで」

と言って、奥へひっ込んでしまった。これ以上、油を売っているわけにはいかないと思ったようだ。

孫六は店を出た。倉田の様子がだいぶ分かってきた。辻斬りとみてまちがいないようである。孫六は念を押すために、倉田の顔を源九郎に見てもらおうと思った。源九郎は、一ツ目橋のたもとで、又八を襲った倉田と立ち合っているので同一人かどうかはっきりするはずである。それに、倉田の住処を教えておく必要もあったのだ。

三

「孫六、なかなか姿を見せんな」

源九郎が生あくびを噛み殺しながら言った。

ふたりは、黒江町の掘割のそばにいた。町家の朽ちかけた板塀の陰から、路地木戸へ目をむけていた。倉田が出てくるのを待っていたのである。

「暑いな」

源九郎が首筋の汗を手の甲で拭いながら言った。

陽は西にまわっていたが、まだ陽射しは強かった。背後から陽射しを浴びて、肩口が焼けるように暑かった。

ふたりがここへ来て、一刻（二時間）ちかく経つ。

「もう、出てくるころだと思いやすがね」

孫六はここに来る前、竹五郎長屋に行き、井戸端で洗濯をしていた女房から、倉田が長屋にいることと陽が沈むころに出かけることが多いという話を聞いていた。そうした暮らしぶりからみても、倉田を辻斬りとみていいようである。

「だれか、出て来たぞ」

源九郎が言った。

路地木戸から出てきたのは、深編み笠をかぶった牢人体の男だった。

「やつが、倉田ですぜ」

顔は見えなかったが、体軀《たいく》が昨夜見た男とそっくりだった。それに、納戸色の小袖と濃紺の袴も、昨夜と同じである。

「わしと立ち合った男か、はっきりせんな」

姿は似ているような気がしたが、顔が見えないので何とも判断のしようがなかった。

「尾けてみやすか」

「そうしよう」

せっかくここまで来たのである。男の正体だけでもつかみたかった。

深編み笠の男は掘割沿いの道を歩き、八幡橋のたもとまで来ると、路傍に足をとめた。

何をしているのか、男はそのまま動かなかった。

「だれか、待ってるようですぜ」

孫六と源九郎は、掘割沿いの町家の陰に身を寄せた。

いっときすると、棒縞《ぼうじま》の着物を尻《しり》っ端折《ぱしょ》りした職人ふうの男が、小走りに近寄ってきた。手ぬぐいで頰《ほ》っかむりしている。

「あの男だ、待ち伏せしていたのは」

思わず、源九郎が声を上げた。

その走り寄る姿が、一ッ目橋のたもとで待ち伏せしていた職人ふうの男と重なったのだ。

「やつら、どこかへ行きますぜ」

牢人と職人ふうの男は、八幡橋を渡り始めた。どうやら八幡橋で待ち合わせていたようである。

「どこへ行くか、尾けてみよう」

源九郎と孫六は、またふたりの跡を尾け始めた。

ただ、源九郎と孫六がいっしょに歩くと目立つので、源九郎は五間ほど後ろに下がった。源九郎と孫六は行き交う人の間にまぎれ、前を行くふたりの跡を尾けていく。

牢人と職人ふうの男は熊井町へ入り、大川端へ出たところにあった船宿の前に足をとめた。そのとき、牢人がかぶっていた深編み笠をとった。

ちょうど正面から夕日を受け、牢人の顔がくっきりと浮かび上がったように見えた。

「あの男だ！」

源九郎が声を上げた。

まちがいなく、一ッ目橋のたもとで待ち伏せていた倉田である。

「辻斬りも、倉田左之助とみていいんでしょうね」

孫六が目をひからせて言った。

「そうだな」

又八を襲った男は倉田と断定していい。それに、相模屋と松村屋の番頭を斬ったのも、倉田とみていいのではあるまいか。ただ、岡っ引きの猪之助を斬ったのは倉田とはちがうような気がした。たいした根拠はなかったが、籠手《こて》を斬った刀法から、竪川沿いで人を斬った下手人とはちがうように思われたのである。

「どうしやす」

孫六が訊いた。

「ここで飲むつもりだな」

「しばらく、出てこねえでしょう」

「今夜のところは、これまでにするか」

源九郎はふたりが出てくるまで、待つこともないと思った。倉田の塒はつかんでいるのである。

「へい」

「ここから今川町まで、遠くないな」

今川町にはお吟がやっている浜乃屋がある。ここのところ、しばらくご無沙汰していた。お吟も、首を長くして待っているはずである。

「お吟さんのところで？」

「そうだ」

「へッへ……。ちょいと、あっしはふところが」

酒好きの孫六は目尻を下げたが、戸惑うような顔をした。酒を飲む金を持っていないのだ。

「すこしなら、持ち合わせがある」

足りなければ、刀でも置いてこよう、と源九郎は思った。

浜乃屋の戸口に立つと、格子戸のむこうから男のくぐもったような濁声《だみごえ》と笑い声が聞こえてきた。何人か客がいるようである。

格子戸をあけると、土間の先に追い込みの座敷があり、そこで数人の男が賑やかに飲んでいた。黒の半纏《はんてん》を羽織っている者や丼《どんぶり》（腹がけの前隠し）姿の男たちだった。大工か左官であろう。

お吟は男たちの間で酌をしていた。お吟は店に入ってきた源九郎と孫六の姿を

目にすると、顔をくずし、

「旦那、いらっしゃい」

そう言って、すぐに腰を上げた。

「どうしたんですよ、ちっとも来てくれないから、いい女《ひと》でもできたのかと気をもんでたんですよ」

お吟は、すねたように言い、肩先を源九郎の胸に押しつけるようにした。

白いうなじと、襟元から胸の谷間が見えた。白い肌が酒気を帯びてほのかに赤らんでいる。かすかに、汗ばんだ肌の匂いもする。なんとも色っぽい。

「い、いや、何かと取り込んでいてな」

源九郎はお吟の色香に圧倒され、思わず口ごもった。

「取り込んでるって、何かあったの？」

「い、いや、何でもない」

「あたしに話せないことなの。やっぱり、いい女ができたんでしょう」

お吟が頬をふくらました。

「わしに、女ができたと思うか」

うらぶれた年寄りの牢人者が、女に持てるはずがないだろう。

「思わないけど」

「はっきり言うではないか」

「でも、旦那のいいところは、あたしが一番よく知ってるの」

お吟が、源九郎の耳元でささやいた。

「実はな、おみよに赤子ができたようなのだ」

源九郎が小声で言った。辻斬り騒動はまだ伏せておきたかったし、おみよが身《み》籠《ご》ったことはめでたいことなので、隠すこともないと思ったのだ。

「まァ、そうなの」

お吟が目を剝《む》いて、孫六を見た。

「へッへへ……。まァ、やっとできたらしいんで」

孫六が照れたような顔をして言った。

「孫六さん、よかったじゃない。これで、やっとお爺《じい》さんね。どこかのだれかさんと同じに」

そう言って、お吟はチラッと源九郎に目をむけた。

お吟は一時はぐれ長屋で暮らしたことがあったので、おみよ夫婦に子が産まれなかったことや孫六が孫の誕生を待っていたことも知っていたのだ。

「それでな、今夜はふたりで前祝いをするつもりなのだ」

源九郎は、それを飲みにきた口実にしようと思った。

「あたしも、いっしょにお祝いしようかしら」

「そうしてくれ」

「ともかく、入って、入って」

お吟は源九郎と孫六を奥の座敷に案内した。奥といっても、ふだんお吟が居間に使っている部屋だった。店がたてこんでいるときなど、そこに馴染みの客だけを入れるのである。

源九郎と孫六は久し振りで酒を酌み交わした。途中から、お吟もくわわり、これから産まれてくるであろう赤子を肴《さかな》にして、夜更けまで飲んだ。

浜乃屋を出ると、満月が上空にかがやいていた。ふたりは短い影を落とし、大川端をはぐれ長屋にむかった。

「旦那、産まれてくる赤ん坊は、どんな顔をしてやすかね」

孫六が、満月を見上げながらしんみりした口調で言った。

「きっと、孫六にそっくりだろう」

「旦那、あっしに似てたんじゃァ産まれてくる子がかわいそうだ」

孫六が顔をしかめて言った。

「なにいってるんだ。似ているのは、目鼻の感じだよ。きっと、赤子はあの月みたいに真ん丸でかわいい子だよ」

源九郎は新太郎と八重の顔を思い描いた。

「そうですかね」

孫六は嬉しそうに目を細めて、満月を見上げている。

四

本所、回向院のちかくに亀楽《きらく》という縄暖簾を出した飲み屋があった。はぐれ長屋の近くである。源九郎たち長屋の男たちは、亀楽を馴染みにしている者が多かった。肴は漬物か煮しめぐらいしかなかったが、酒が安価で、長時間居座って飲んでも文句を言われなかったからである。

その亀楽の飯台をかこんで、五人の男が酒を飲んでいた。源九郎、菅井、茂次、孫六、それに三太郎である。

源九郎と菅井が、酒を飲みながらこれまでそれぞれが探ったことを交換しようと言い出したのである。酒好きな連中は喜び、すぐに亀楽に集まってきた。

あるじの元造《もとぞう》は寡黙な男で、頼まれた酒肴《しゅこう》を運ぶとさっさと板場にもどってしまった。元造のほかに、亀楽にはお峰《みね》という通いの婆《ばあ》さんがいたが、板場で洗い物でもしているらしく顔を見せなかった。

「酒がまわらないうちに、わしから話そう」

お互いに酒を酌み交わした後、源九郎が口火を切った。

ただ、源九郎が話したのは又八とふたりで長屋へ帰る途中、一ッ目橋のたもとで二人組に襲われたことだけである。

その後を引き継ぎ、孫六が土橋の芝之屋を見張り、倉田を尾行して塒をつかんだこと、さらに源九郎とふたりで塒の近くに張り込み、倉田が又八を襲った牢人体の男であることなどを話した。

「辻斬りも倉田とみていいだろう」

源九郎が言い添えた。

「倉田左之助か」

菅井がつぶやくような声で言った。

「菅井、倉田のことを知っているのか」

「いや、知らぬ。……ところで、辻斬りはひとりなのか」

菅井が源九郎に顔をむけて訊いた。

「いまのところ、倉田しか浮かんでいない。ただ、いっしょにいた若い職人ふうの男、それに大店の旦那ふうの男も仲間とみていいのかもしれんな」

源九郎は、猪之助を斬ったのは別人ではないかと思っていたが、そのことは口にしなかった。根拠がなかったからである。

ところが、菅井が、

「おれは、ほかにもいるような気がするのだ」

と、言い出した。

「何か心当たりがあるのか」

「猪之助を斬ったのは、倉田ではないような気がする」

菅井によると、両国広小路で居合抜きの商売をした後、猪之助が斬られた横網町の大川端を歩き、夜鷹そばが通りかかったので、そばを食いながらそれとなく辻斬りのことを訊いたという。

すると、夜鷹そばの親父が、

「あっしは、親分が斬られた日の夕暮れ時にここを通りやしてね。柳の陰にうろんなお侍がいるのを見やした」

と、口にした。

「どんな男だった」

菅井が訊いた。

「恰幅《かっぷく》のいいお侍で、羽織袴姿でしたよ。柳の陰からあっしのことを凝《じっ》と見てやしてね。怖くなって、逃げるように離れたんでさァ」

そう言って、親父は身震いした。そのときの恐怖がよみがえったのだろう。

菅井は夜鷹そばの親父とのやり取りを源九郎たちに話した後、

「そいつが、猪之助を斬ったのなら倉田とは別人ということになる」

と、けわしい顔をして言った。薄暗い店のなかで、細い目が般若《はんにゃ》のようにひかっている。

「そうだな」

源九郎も菅井の話を聞いて、別人だと確信した。

「他にも気になることがあるのだ」

さらに、菅井が言った。

「なんだ」

「猪之助がなぜ殺されたのかということだ。どう見ても、金を持っているとは思えぬし、腕試しということもないだろう。とすれば、口封じだ。猪之助は相模屋と松村屋を探索していたようだが、それが下手人にとって都合が悪かったからではないかな」

「わしもそう思う」

源九郎と孫六も同じように考え、茂次に頼んで相模屋と松村屋を探ってもらっていたのだ。

「となると、一味は何人かいて、辻斬りをして金を奪うだけでなく、ほかにも悪事を働いているとみていいのではないかな」

そう言うと、菅井は猪口《ちょく》の酒をグイと飲み干した。

「そうかもしれん」

すくなくとも、倉田の他に職人ふうの若い男と大店《おおだな》の旦那ふうの男がいる。まだ、一味かどうか断定はできないが、大柄な侍をくわえると四人いることになる。

「茂次、相模屋と松村屋の様子を話してくれ」

源九郎が茂次に顔をむけた。一味がどんな悪事をしていたか、茂次が探り出したかもしれない。

「それじゃァ、相模屋から」

茂次は、相模屋の商いがかたむいていることと、その原因が倅の遊蕩と多額の借金にあることなどをかいつまんで話した。

さらに茂次は、

「松村屋の方は、三太郎とふたりで探りやした」

と、前置きしてから話をつづけた。

茂次は相模屋のときと同じように松村屋のちかくに腰を据えて、研ぎ屋の商売をしながら女房連中から話を聞きだした。その結果、松村屋も同じように多額の借金をし、首がまわらなくなっているという。

原因は、主人の岩右衛門《いわえもん》だった。岩右衛門は五十がらみだが、若いころから女好きで自分の店の女中や料理屋の女将などに手を出していた。それでも、深入りせずうまく手を切っていたので、とくに揉《も》め事を起こすようなことはなかった。

ところが、今度だけはちがった。深川門前仲町の清水屋《しみずや》という料理屋の女中、お仙《せん》に手を出し、大変な目に遭った。

お仙は孕《はら》んだというのだ。しかも、お仙には、助次《すけじ》という情夫《いろ》がいて、百両出せ、出さなければ、おめえを殺す、と凄《すご》まれた。

助次は、口先だけではなかった。金を出ししぶっている岩右衛門を待ち伏せ、匕首《あいくち》で斬りつけようとしたのだ。

震え上がった岩右衛門は、なんとか百両都合して助次に渡した。ところが、それだけですまなかった。半月ほどすると、助次はさらに二百両出せと言いだした。しかも、出さなければ、岩右衛門の娘を手込めにして孕ませるとまで言ったのである。実際、助次は牢人体の男と娘の跡を尾けまわすようになった。

ところが、岩右衛門は二百両の金が都合できなかった。やむなく、岩右衛門は金貸しから百五十両借り、残りの五十両は取引先や親戚などから掻《か》き集めて助次に渡したという。

「貸りた金が高利のようでしてね。店を手放さなければ、払えないだろうとの噂ですぜ」

茂次が早口にしゃべった。

「くわしいな」

菅井が言った。町方で詮議でもしたようによく調べている。

「半分は三太郎でさァ」

茂次が酒で顔を赤く染めている三太郎に目をやった。

「ヘッヘヘ……。お寅《とら》という婆さんから聞いたんで」

三太郎によると、お寅は松村屋で長年下働きをしていたこともあって、家族や店の内情をよく知っていたという。そのお寅に、幾許《いくばく》かの銭を握らせて話を聞くと、立板に水を流すようにぺらぺらとしゃべったそうである。

「いずれにしろ、相模屋と松村屋はそっくりではないか」

源九郎は、ふたりの話を聞いて、金貸しのことがひっかかった。相模屋と松村屋を追い込んだ元凶は金貸しのような気がしたのだ。

「金貸しの名が分かるか」

菅井が訊いた。

「それが、分からねえんで。あっしも、知りてえと思いやしてね、いろいろ当たりやしたが、出てこねえ」

茂次が渋い顔をして言った。

「今度の事件とかかわっていそうだな」

「あっしも、そんな気がしやす」

「金を借りた本人なら、知っているはずだがな。まァ、いずれ、見えてくるだろう」

源九郎は銚子を取り、脇にいる菅井の猪口についでやった。

菅井は酒の満ちた猪口を手にしながら、

「ところで、倉田はどうする。始末するか」

と、訊いた。

「いや、もうすこし泳がせておこう。仲間の正体が知れるまでな」

源九郎は、又八と鉢合わせした大店の旦那ふうの男が気になっていた。倉田に指示できる立場の男であることはまちがいない。その男が又八を始末しようと考えているなら、倉田を斬っても、別の男をさしむけてくる可能性が高いのだ。

「いずれにしろ、一筋縄でいかぬ者たちのようだな」

源九郎が顔をひきしめて言った。

五

菅井は長刀を腰に帯び、白鉢巻きに白襷《しろだすき》という勇ましい格好で大川端に立っていた。両国広小路の水茶屋の脇の空き地で、そこが菅井の居合い抜きの商売の場所である。

居合抜きの見世物は虚仮威《こけおど》しの長刀を抜いて見せ、集まった見物人に歯磨やいかがわしい軟膏《なんこう》などを売り付けるのだが、菅井は歯磨も軟膏も売らなかった。菅井は無言のまま大川端に立ち、鋭い気合とともに抜刀してみせる。田宮流居合の達人だけあって、見る者を圧倒する迅《はや》さと迫力がある。その抜刀の妙に惹《ひ》かれ、しだいに見物人が集まってくるのだ。

人垣ができたところで、二寸ほどに截断《せつだん》した竹片を積み上げた三方を示し、

「だれか、おれにむかって、この竹を投げてみろ。居合で斬り落としてみせよう。……この竹が十文、わしの体に当たったら二十文進ぜる」

と言って、その気になった者に売りつけるのである。

菅井は、相手に自分に投げつけられた竹片を居合で斬り落とし、竹片代を手にするのだが、相手によってはときどき当たってやった。相手の顔を立ててやるためと、見物人に、おれもやってみようという気を起こさせるためである。

その日、二刻（四時間）ほど商売をつづけると、用意した竹片が底をついた。

……今日は、これまでだ。

菅井は、笊《ざる》のなかに溜まった銭を巾着に入れ、商売道具の三方、鉢巻き、襷などを風呂敷につつんだ。

七ツ半（午後五時）ごろであろうか。陽は西の空に沈みかけていたが、まだ西

陽が広小路を行き来する人々を照らしている。風が湿気を含み、むっとするような暑熱が広小路をつつんでいた。

菅井は風呂敷包みを小脇にかかえ、大川端を日本橋方面へむかって歩きだした。まだ、長屋に帰るには早かった。すこし川下まで歩き、新大橋を渡って深川へ出てから本所へもどろうと思った。川風に吹かれながら、辻斬りがあらわれそうな大川沿いの道を歩いてみようと思ったのである。

菅井はゆっくりと歩いた。大川には涼み船がくり出し、残照を映した川面をゆったりと行き来している。

新大橋を渡り始めたときに、暮れ六ツ（午後六時）の鐘が鳴った。夕陽が日本橋の家並のむこうに沈み、いくぶん暑さがやわらぎ、川風にも涼気が感じられるようになった。

新大橋を渡った先は深川元町である。正面に御籾蔵《おもみぐら》の倉庫が幾棟も並んでいた。又八が大店の旦那ふうの男と鉢合わせし、その後、倉田に斬りつけられた辺りである。

通りには、ぽつぽつと人影があった。出職の職人や仕事を終えたぼてふりなどが、足早に通り過ぎていく。

菅井は大川端を本所へむかった。しばらく歩くと御舟蔵《おふなぐら》の裏手に出た。ここにも倉庫が建ち並んでいた。倉庫の陰になったせいか、夕闇が通りをおおったような感じがした。

そのとき、背後で足音がした。小走りに近寄ってくる複数の足音である。

菅井は振り返った。見ると、ふたりの男が迫ってくる。ひとりは深編み笠をかぶった大柄な武士だった。黒羽織に納戸色の袴姿で、二刀を帯びていた。編み笠がなければ、御家人か江戸勤番の藩士といった格好である。話に聞いていた倉田とはちがうようである。

もうひとりは職人ふうだった。棒縞の着物を尻っ端折りし、手ぬぐいで頰っかむりしていた。

菅井は、鍔元《つばもと》に左手を添えて近付いてくる武士にするどい殺気を感じた。

……辻斬り一味か！

菅井は足をとめて、川岸へ背をむけた。敵はふたりである。背後からの攻撃は避けねばならない。

「おれに何か用か」

菅井は正面に立った武士に訊いた。

職人ふうの男は、左手にゆっくりまわり込んできた。敏捷《びんしょう》そうな男である。頬っかむりの下から、細い目が刺すように菅井を見すえている。

「うぬは、伝兵衛長屋の者だな」

武士がくぐもった声で訊いた。

「だとしたら、どうする」

「いらぬ詮索《せんさく》をしているのは、どういうことだ」

「何のことだ」

菅井はとぼけた。すこしでも、武士にしゃべらせようとしたのである。

「町方でもないのに、なにゆえ、探索などしておるのだ」

武士の声に恫喝《どうかつ》するようなひびきがくわわった
菅井たちが、辻斬り一味を探っていることに気付いているようだ。

「うぬらの正体をつかむためだ」

菅井は小脇にかかえていた風呂敷包みを路傍に投げた。このままでは済みそうにない。菅井はいつでも抜けるように、左手を刀の鍔元に添えて鯉口を切った。

「面倒だ。殺《や》っちまいやしょう」

職人ふうの男が苛立《いらだ》ったように言って、ふところから匕首を抜いた。

「やむをえんな」

武士が柄に手をかけて抜刀した。

すかさず、菅井は右手を柄に添えて居合腰に沈めた。

抜きつけの一刀で、武士を斬らねばならない。抜き合わせてしまえば、ふたりを相手にして、菅井に勝機はないだろう。

武士は青眼だった。切っ先がぴたりと菅井の喉元につけられている。剣尖《けんせん》が眼前に迫ってくるような威圧があった。

……手練《てだれ》だ！

菅井は、背筋を冷たい物で撫《な》でられたような気がして身震いした。尋常な遣い手ではない。

だが、菅井は臆さなかった。菅井も居合の抜きつけの一刀に自信を持っていた。

菅井はさらに腰を沈め抜刀体勢をとった。

ふたりは、ジリジリと間合を狭めていく。

すばやく、菅井は敵との間合を読んだ。抜刀の迅さと正確な間積もりが、居合の命である。
武士の右足が居合の抜刀の間境にかかった。
刹那、菅井の全身から抜刀の気が疾《はし》った。
タアッ!
裂帛《れっぱく》の気合とともに、抜きつけた。
するどい閃光《せんこう》が弧をえがく。
間髪を入れず、武士が体を引きながら刀身を払った。一瞬の体捌《たいさば》きである。
キーン、という甲高い金属音がひびき、青火が散った。
刀身が撥《は》ね返り、菅井の体が流れた。武士の強い斬撃に押されたのだ。
……しまった!
菅井は、大きく背後に跳んだ。抜きつけの斬撃をはじかれたのである。
次の瞬間、武士が二の太刀をふるい、菅井が背後に跳んだ。
武士の切っ先が、菅井の肩先をかすめて流れた。
菅井は大きく間合を取り、すばやく納刀した。武士はふたたび青眼に構えた。
どっしりとした隙のない構えである。
職人ふうの男が匕首を構え、左手から間合をつめてきた。すこし前屈みになった身構えには、獲物に飛びかかる寸前の獣のような雰囲気があった。

……このままでは殺られる！

と、菅井は察知した。

武士も手練だが、職人ふうの男もあなどれない。

菅井は、この場は逃げよう、と思った。

居合腰に沈め、右手を柄に添えて抜刀体勢をとると、菅井はすばやい摺《す》り足で武士との間合を一気にせばめた。

突如、菅井が前に踏み込みながら抜きつけた。抜刀の間境より遠間《とおま》である。

一颯《いっさつ》が、武士の真っ向へ伸びた。

不意を突かれた武士は、咄嗟《とっさ》に身を引いた。

バサッ、と音がし、武士の深編み笠が縦に裂けた。

裂け目から、ギョロリとした目が覗いている。一瞬、武士は顔を隠すように首をひねった。顔を見られたくなかったのであろう。

菅井は、その瞬間を見逃さなかった。さらに斬り込むと見せて武士の脇をすり抜け、疾走した。

「逃さぬ！」

武士は反転し、後を追ってきた。

職人ふうの男も疾走した。

武士は足が遅いようで、すぐに間があいたが、職人ふうの男は速かった。しだいに、菅井の背後に迫ってくる。足音とともに、弾むような息が聞こえた。

菅井は振り向きざま、刀身を斜に払った。

ワッ、と声を上げて、職人ふうの男は脇へ跳んだ。その拍子に、大きく体勢がくずれてよろめいた。

かまわず、菅井は走った。苦しい。足腰が軋《きし》み、心ノ臓が太鼓のように鳴り、喉からヒイヒイと喘鳴《ぜんめい》が洩《も》れた。

一ッ目橋のたもとまで来た。背後からの足音は聞こえなかった。追うのを諦めたらしい。

菅井は足をとめて、振り返った。人影はなかった。

淡い夕闇が道筋をつつんでいる。

……た、助かった。

菅井は、ハア、ハア、と荒い息を吐いた。

凄《すさ》まじい形相だった。総髪を振り乱し、目がつり上がり、ひらいた口から牙のような歯が覗いていた。まさに、夜叉か般若のような顔である。

六

「旦那、大変《てえへん》だ！」

腰高障子があいて、茂次が飛び込んできた。

「どうした」

傘張りをしていた源九郎は、すぐに腰を上げた。

「相模屋の徳十郎が、首を吊ったらしいんで」

荒い息を吐きながら、茂次が言った。徳十郎は相模屋の主人である。

「自害か」

「へい、それに、倅の利三郎も首を絞められて死んでるそうですぜ」

「利三郎の首を絞めたのは？」

「親の徳十郎らしいや」

「よく、分かったな」

「奉公人たちが、しゃべってやしたからね」

茂次によると、今日も相模屋を探ってみようと思い、研ぎ道具を持って海辺大《うみべだい》工町《くまち》へむかったという。

小名木川の岸辺ちかくへ行って、相模屋に目をむけると、戸口に人だかりがしている。奉公人や木挽《こびき》にまじって、近所の住人らしい男女もかなりいた。岡っ引きらしい男の姿もあった。

何かあったらしい。茂次は研ぎ道具を背負ったまま、相模屋の店先へ走り寄った。人垣にまぎれて、聞き耳を立てていると、奉公人たちの話から店内の状況が分かった。

仏間で徳十郎が首を吊って死に、倅の利三郎が自分の部屋で首を絞められて死んでいるという。また、外から賊が入ったような形跡はないので、徳十郎が放埒《ほうらつ》息子の首を絞めて殺し、その後自分で首を吊って自殺したのではないかとのことだった。

「旦那、相模屋まで行ってみますかい」

茂次が勢い込んで言った。

「やめておこう。いまさら行っても、手遅れだ」

それに、町方が探索するはずだった。後で栄造から話を聞けば、くわしい事情が知れるだろう。

「他に行くところがある」

そう言って、源九郎は片襷をはずした。

「旦那、どこへ」

茂次が訊いた。

「松村屋だよ」

「探索ですかい」

「いや、あるじの岩右衛門に会いに行くのだ」

源九郎は茂次から話を聞き、放置すれば岩右衛門も徳十郎と同じ結末をむかえるのではないかと思ったのである。助けられるものなら、助けてやってもいいし、岩右衛門から聞いておきたいこともあった。それに、できれば、多少の用心棒代も欲しかった。源九郎たちは、亀楽の酒代にも困っていたのである。

源九郎から話を聞くと、茂次は、

「あっしも、お供しやしょう」

と、乗り気になって言った。

「待ってくれ、いま支度をする」

肩口に継ぎ当てのある単衣《ひとえ》によれよれの袴では、あまりに押し出しが悪すぎる。岩右衛門にしても、源九郎を頼りにする気にはなれないだろう。

源九郎は座敷の奥の行李《こうり》から小袖と袴を取り出して着替えた。こんなときのために、一揃えだけは、用意してあるのだ。上物ではないが、軽格の御家人ぐらいには見えるはずである。

「これでよし、行こうか」

「へい」

茂次は、神妙な顔をして源九郎に跟《つ》いてきた。

松村屋は近隣では目立つ大店だった。店先に屋号が染め抜かれた大きな暖簾が出ていた。

暖簾をくぐると、土間の先が畳み敷きの帳場になっていて、客と話している手代や太物《ふともの》を運んでいる丁稚《でっち》の姿があった。帳場格子のむこうでは、番頭らしい男が帳簿を繰っていた。

「いらっしゃいまし」

目敏《めざと》く源九郎の姿を目にした手代が、愛想笑いを浮かべながら近付いてきた。

だが、すぐに愛想笑いが消え、顔がこわばった。町人連れの源九郎を見て、客ではなく強請《ゆすり》にきた徒牢人《いたずらろうにん》とでも思ったようである。

「あるじの岩右衛門どのは、おられるかな」

源九郎は満面に笑みを浮かべ、おだやかな声音で言った。

「は、はい、……どなたさまで、ございましょうか」

源九郎の物言いがやわらかだったからであろう。手代の顔から、こわばった表情が消えた。

「華町ともうす者でな。岩右衛門どのの役に立てることがあって相生町からまいった、と取り次いでもらえるかな」

「お待ちを」

手代は一礼すると、すぐに帳場にいる番頭のそばに行き、なにやら耳打ちした。

番頭はチラッと源九郎の方に目をむけたが、慌てた様子で立上がり、帳場格子の脇の廊下から奥へ消えた。岩右衛門に知らせにいったのであろう。

いっときすると、番頭が姿を見せ、そのまま源九郎のそばに近寄ってきた。

「番頭の清蔵《きよぞう》でございます」

清蔵は揉み手をしながら腰をかがめた。

「岩右衛門どのに会わせていただけるかな」

「はい、はい。すぐに、ご案内いたしますので、お上がりくださいまし」

清蔵は源九郎と茂次が上がるのを待って奥へ連れていった。

七

岩右衛門は、丸顔で目の細い男だった。耳朶《みみたぶ》の大きな福相をしていたが、その顔が暗かった。生気がなく、憔悴《しょうすい》しているといってもいい。

「あるじの岩右衛門ですが、華町さまとか」

岩右衛門は訝《いぶか》しそうな目で源九郎を見た。

「それがしは相生町の伝兵衛長屋に住む華町源九郎でござる。はぐれ長屋といえば、通りはいいかな」

そう言って、源九郎は岩右衛門と対座した。

茂次は源九郎の後ろに膝を折って、かしこまっている。

「はぐれ長屋の用……、いえ、華町さま」

岩右衛門の顔に驚きと戸惑いの表情が浮いた。源九郎たちが、はぐれ長屋の用心棒と呼ばれていることを知っているようだが、突然の来訪に戸惑っているらしい。

「相模屋のあるじ徳十郎が、倅の首を絞めて殺したうえ、己も首を吊って自害したことは、ご存じかな」

「は、はい……」

岩右衛門の顔に苦悶《くもん》の表情が浮いた。

「岩右衛門どのも、同じお悩みをかかえているのではござらぬかな」

「そ、それは……」

岩右衛門が、驚いたように目を剝いた。

「お隠しになることはござらぬ。実は、同じ長屋に住む者が、さる男と大川端で鉢合わせし、斬り殺されそうになりましてな。どういうわけか、いまでもその男に命を狙われているのでござる。わしらが、長屋の者を助けるために相手を探索すると、相模屋の徳十郎どのとそこもとにも、かかわっているらしいことが分かったのだ」

すこしまわりくどいが、他に言いようがなかった。

「はァ……」

まだ、岩右衛門は事情が飲み込めないらしい。

「いずれにしろ、岩右衛門どのを苦しめている者は、わしらが追っている者と同一人でしてな。つまり、岩右衛門どのの敵は、わしらの敵ということになるわけです」

同一人かどうかまだ分からないが、その可能性はある。

「さようでございますか」

いくぶん、岩右衛門の顔に安堵《あんど》の色が浮いた。すくなくとも、源九郎たちを敵ではないと思ったようだ。

「どうせなら、岩右衛門どのの憂いを払って進ぜようと思い、厚かましくも店まで押しかけてきた次第なのです」

「それは、ご奇特な」

まだ、岩右衛門は半信半疑らしかった。

「わしらは、相模屋さんがなぜ自害したのか、また、岩右衛門どのが何を悩んでおられるかも知っております。簡単にもうせば、ふたりとも高利貸しの奸策に嵌《は》まったのでござろう」

「……！」

岩右衛門が、ゴクリと唾を呑んだ。

「わしらは、無理にとはもうさぬ。岩右衛門どのが、そのような事実はない、助けなどいらぬともうされるなら、わしらはすぐに退散いたします」

源九郎は静かな声で言った。

「は、華町さま」

岩右衛門は声をつまらせ、すがりつくような目で源九郎を見つめた。

「お、お助けくださいまし。いま、おっしゃられたとおりなのでございます。て、てまえは、悪い金貸しにひっかかりまして、にっちもさっちもいかなくなっておるのです。どうぞ、お助けくださいまし」

岩右衛門は拝むように掌《て》を合わせて訴えた。

「承知しました。これからは大船に乗ったつもりで、わしらに任せてくだされ。ですが、ただというわけにはいきませんよ」

「えっ」

喉に何か詰まったような顔をして、岩右衛門が源九郎を見た。

「わしら、長屋の者五人、命を賭けておるのですぞ」

源九郎は語気を強めた。

「……！」

「しかも相手は、金貸しひとりではない。すくなくとも、腕利きの侍がふたり、手下が数人いる。しかも、人殺しなど何とも思っていない凶悪な者どもです。それを相手に、五人の男が命を張ろうというのです。まさか、ただで助けてくれ、というのではないでしょうな」

さらに、源九郎が言いつのった。

手下が数人いるかどうか分からないが、何人かはいるはずである。

「そ、それで、いかほど」

岩右衛門が、首をすくめながら小声で訊いた。

「十両。それに、すべて解決したときに、さらに十両。それで、どうです」

松村屋ほどの身代なら、それほどの大金ではないはずである。ただ、いまは金貸しに絞り取られ、金利の支払いにも苦労している状態であれば、十両が限度だろうと源九郎は踏んだのである。

高利貸しに絞られている男に、金を要求するのは気が引けるが、こちらも困窮しているので仕方がない。

「十両……」

岩右衛門の顔に、いくぶん安堵した表情が浮いた。もっと大金を要求されると思ったにちがいない。だが、戸惑うように視線を揺らし、口をひらこうとしない。

「わしらは、強請に来たのではない。岩右衛門どのが承諾できなければ、このまま黙って帰りましょう」

そう言って、源九郎が腰を上げようとした。

すると、岩右衛門は慌てた様子で、

「お、お待ちを。すぐに、金を集めてまいります」

そう言って立ち上がり、そそくさと座敷から出ていった。

小半刻（三十分）ちかく、岩右衛門は座敷にもどってこなかった。

やっと、姿を見せた岩右衛門は狼狽《ろうばい》した様子で、源九郎の前に座り、

「は、華町さま、店中の金を掻き集めましたが、五両しかございません。残りの五両は、四、五日待っていただけませんでしょうか。てまえの方で、長屋へお届けいたしますが」

と、震えを帯びた声で言い、折り畳んだ奉書紙を源九郎の膝先へ押し出した。

おそらく、一分銀や一朱銀などが、つつんであるのだろう。

「承知しました。無理なようでしたら、残りは十日でも二十日でも、都合のついたときで結構ですよ」

源九郎はおだやかな声で言った。

「助かります」

岩右衛門の顔にほっとした表情が浮いた。

「では、これまでの経緯を話していただきましょうか」

源九郎が、奉書紙につつんだ金をふところにしまいながら言った。

「てまえの道楽が、災いしたのでございますが……」

岩右衛門は、これまでのことをかいつまんで話したが、茂次から聞いた話と大差なかった。

ただ、岩右衛門の話は具体的だった。高利貸しの金利は「すがね」で、八分《ぶ》だという。「すがね」とは、質を取らずに貸すことである。八分は月利で、百分の八、つまり八パーセントということになる。通常「すがね」で一分か、一分半が相場なので、大変な高利である。

「初めは、利息などとらないと言っていたのに、証文には八分と記してあったのです。しかも、てまえが返せなくなると、手のひらを返したように高飛車になり、金の都合がつかないなら、娘を女郎屋に売れ、とまで言い出したのです」

八分の月利は、おおやけには認められない高利だった。相手は闇の高利貸しであろう。

「その高利貸しの名は」

源九郎が訊いた。

「銀蔵《ぎんぞう》と名乗っていました。どこに、住んでいるかは知りません」

「銀蔵な」

それだけでは、分からなかった。茂次に顔をむけると、茂次も首を横に振った。知らないらしい。

「どんな男だ？」

「歳は、四十五、六でございましょうか。大柄で、鼻の大きな赤ら顔の男でございます」

岩右衛門は脅されたときのことを思い出したのか、恐ろしそうな顔をした。

「大店の旦那ふうの感じだったかな」

源九郎は、又八が大川端で鉢合わせした男とつなげてみた。

「はい、恰幅のいい商家の旦那ふうでした」

「うむ……」

同じ男かも知れない。又八が鉢合わせした男が銀蔵なら、又八の命を執拗《しつよう》に狙うわけも分かる。銀蔵は倉田とつながりがあることを伏せておきたかったのではないか。ところが、銀蔵は倉田といっしょにいるところを又八に見られ、咄嗟に始末してしまおうと思ったのであろう。そのとき、迂闊にも銀蔵は、倉田の名を口にした。自ら倉田とかかわりがあることを、示したことになるのだ。そのため、銀蔵は何としても又八の口を封じなければならなくなったのではあるまいか。

ただ、すべてが源九郎の推測だった。まだ、銀蔵が又八と鉢合わせした男かどうかも断定はできない。

「話に聞いたのだが、番頭さんが殺されたうえ金を奪われたそうだな」

源九郎が訊いた。

「はい、番頭の吉五郎が掛け金の集金をした帰りに」

「九十両と聞いているが」

「実際は九十二両です。てまえどもには、店を切り盛りする上で大事な金でした。まさに、踏んだり蹴ったりで、この先、どうやってやっていこうかと……」

岩右衛門は苦渋に顔をしかめた。

「うむ……」

その金を奪ったのも、銀蔵の差し金であろう。相模屋とまったく同じ手口である。銀蔵の腹には、岩右衛門から金を絞り取るだけでなく、松村屋そのものを手に入れるところまで視野にはいっているようだ。

「ところで、助次という男は？」

助次は、茂次から聞いた話によると岩右衛門を当初に脅した男である。

「いまでも、銀蔵といっしょに店に来まして、何かと難癖をつけるのでございます」

「どんな男だ？」

どうやら、銀蔵と助次はぐるになって、岩右衛門を罠に嵌めたようである。

「若い職人ふうの男でございます」

「二十四、五の目の細い男か」

「その男です」

岩右衛門が声を大きくして言った。

「やはりそうか」

倉田といっしょにいた男である。まちがいなく、倉田と金貸しの銀蔵ともつながっているようだ。となると、又八と鉢合わせした男を銀蔵と断定していいようだ。

源九郎は、一味の全貌がおぼろげながら見えてきたような気がした。

金貸し銀蔵、助次と名乗る職人ふうの若い男、倉田、それに菅井を襲った大柄な武士である。まだ、姿は見えていないが他にも仲間がいるかもしれない。

「華町さま、銀蔵が金を取りに来たら、どうすればよろしいでしょうか」

岩右衛門が、怯《おび》えたような目をして訊いた。

「そうだな。……明日払うと言ってな。その日は、帰ってもらえ。そして、すぐに長屋に知らせてもらえば、翌日、わしらが店に来て銀蔵と会おう。借金の利息は月一分として、元利をすこしずつ分割して返すことにしたらよかろう」

源九郎がそう言うと、岩右衛門は、

「華町さま、ありがとうございます」

低頭し、声を震わせて言った。

「なに、こちらもその方が都合がいいのだ」

源九郎は銀蔵に会えば、その正体が知れると思ったのである。

第四章　野良犬たち

一

陽が沈むと、源九郎の部屋へ四人の男が集まってきた。菅井、孫六、茂次、三太郎である。茂次に頼んで、集まるよう知らせたのだ。

源九郎と茂次で、松村屋に出かけた翌日だった。源九郎は岩右衛門から手に入れた金を五人で分けようと思ったのである。

「華町、なにごとだ」

五人が車座に座ったところで、菅井が訊《き》いた。孫六と三太郎も、神妙な顔をして源九郎を見つめている。

「これだ」

源九郎は、おもむろにふところから奉書紙を取り出して膝先でひらいた。

「か、金だ！」

孫六が声を上げた。菅井と三太郎の顔にも、驚きと喜色が浮いた。ただ、茂次は知っていたので、口元に笑いを浮かべただけである。

「五両ある。これを五人で分けようと思う」

奉書紙の上に、一分銀や一朱銀が積み上げられていた。

「どうしやした、この金」

孫六が嬉しそうな顔をして訊いた。

「松村屋から、せしめたのだ。十日ほどすれば、もう五両、長屋にとどくはずだ」

源九郎は、茂次と松村屋へ出かけた経緯をかいつまんで話し、

「どうせ、辻斬り一味を成敗せねばならぬなら、多少役得があってもいいと思ってな。岩右衛門に出させたのだ」

そう、言い添えた。

「ありがてえ！　これで、帯祝《おびいわ》いができる」

孫六が声を上げた。

孫六によると、おみよの帯祝いを七日後の戌《いぬ》の日にやるつもりだったが、金がないので夫婦と孫六の三人だけで祝おうと話していたという。

「それに、酒も飲めるぞ」

菅井が言い添えた。

「これだけではないぞ。今度の事件がうまく片付いたら、岩右衛門からもう十両もらえることになっているのだ」

そう言って、源九郎は五人それぞれの膝先に一分銀と一朱銀をまぜて一両ずつ分けた。

金を分け終えたところで、源九郎が、

「ところで、孫六、松村屋に高利で金を貸し付けた男は銀蔵という名らしいのだが、覚えがあるか」

と声をあらためて訊いた。知っているとすれば、岡っ引きをしていた孫六だろうと思い、訊いてみたのである。

「金貸し銀蔵か」

孫六の目がひかった。やり手の岡っ引きらしい凄《すご》みのある目をしている。

「むかし、番場町にいたころ、聞いた覚えがありやす」

孫六が言った。

ただ、噂を聞いただけで、顔を見たこともないし、どこに住んでいたかも知らないという。

「何でも、ひそかに高利で大店《おおだな》や旗本などに貸し付け、大金を巻き上げているという噂でしたがね。うまく逃げていたのか、お上に睨《にら》まれるような悪事に手を出さなかったのか分からねえが、そのころ町方が銀蔵を追うようなことはなかったと思いやすよ」

孫六は、ちょうど銀蔵の噂が出たころ、岡っ引きから足を洗っていたので、その後のことは分からないと言い添えた。

「旗本にも貸しているのか」

銀蔵という男は小悪党ではないようだ。一味も、倉田や助次という男だけではないだろう。倉田の他にも、腕の立つ男が何人かいそうである。

「そういやァ、海辺橋のちかくで侍が斬られたって聞きやしたが、旗本に金を貸したことで何か揉《も》め事でもあったのかもしれやせんね」

孫六が七兵衛から聞いたことを話した。

「うむ……」

銀蔵は商家だけでなく、旗本からも金を絞り取っているようである。

「いずれにしろ、銀蔵が後ろで糸を引いてるなら厄介《やっかい》ですぜ」

孫六が渋い顔をして言った。

「助次という男はどうだ。倉田といっしょに又八とわしを襲った男らしいんだがな」

源九郎は、岩右衛門を脅した男であることを言い添えた。

「さァ、覚えはねえが」

孫六は首をひねったが、

「栄造に訊いてみやしょう。やつなら、知っているかもしれねえ」

そう言って、視線を落とした。

源九郎と孫六のやり取りを聞いていた菅井が、話が一段落したのを見て、

「どうだ、華町、今日のところは事件のことは忘れて、ひと勝負せぬか。金の入った祝いにな」

そう言って、駒を打つ真似をした。

「金の入った祝いな」

源九郎は浮かぬ顔をした。菅井は、勝手に理由をつけては将棋をやりたがる。

「そうだ。すぐ、駒を持ってくる」

菅井は源九郎の返事も聞かずに、腰を上げ、いそいで座敷から出ていった。自分の部屋へ将棋盤と駒を取りに行ったのだ。

「あっしらは、これで、退散しましょうかね」

茂次がそう言って立つと、三太郎と孫六も腰を上げた。茂次と三太郎には女房がいるし、孫六には娘夫婦がいる。金の一部を家族に渡したいのかもしれない。

将棋盤をかかえてきた菅井は、座敷のなかほどにどっかりと座り、

「さァ、やろう」

と声を上げて、両袖をたくし上げた。

「仕方ないな」

とりあえず、源九郎もやることがなかったのである。

七日後に、孫六の家で帯祝いがおこなわれた。まず、夫婦と孫六の三人で祝儀の膳を用意して祝った後、取り上げ婆《ばば》の手で、おみよの腹に帯を結んでもらった。

それが済むと、祝儀の膳を並べて長屋の者たちを呼んで饗応した。祝儀の膳と

いっても、酒に又八が支度した刺身と煮物、それに赤飯を用意しただけである。それでも、長屋の者たちにとっては大変なご馳走だった。

源九郎も、行李《こうり》にしまってあった小袖と袴を出して着替え、お祝いにいった。菅井も来たし、茂次と三太郎は女房を連れて顔を見せた。

孫六は終始笑みを浮かべ、長屋の者たちの祝いの言葉にいちいち嬉しそうに答えていた。

五ツ（午後八時）を過ぎると、長屋の者たちも帰り、最後まで腰を落ちつけていた源九郎たちもそれぞれの塒《ねぐら》に帰った。

孫六が、長屋の者たちから借り集めた膳を片付けている又八に、

「よかったじゃァねえか、長屋の者たちに祝ってもらってよ」

と、声をかけた。

「お義父《とっ》つァんのお蔭ですよ」

又八が言うと、流し場で洗い物を始めたおみよも、

「ほんとに、おとっつァんのお蔭だよ」

と、涙ぐんだ声で言った。身内だけで簡単に済ませようと思っていただけに、長屋の者みんなに祝福してもらったことが嬉しかったらしい。

「おみよ、丈夫な赤子を産むんだぜ」

孫六がやさしい声で言った。

おみよはコクリとうなずき、流し場の前で涙ぐんでいた。腹が、ふっくらと盛り上がっている。岩田帯を巻き、いよいよ妊婦らしい腹になってきた。

いっときして、上がり框《がまち》のそばに膳を運んでいた又八が、

「お義父つァん、気をつけてくだせえよ」

と、声をあらためて言った。

又八は、孫六から帯祝いの金をどうしたのか聞いていた。孫六たちは、これから辻斬り一味を探索して始末をつけねばならないのだ。

「なあに、こうみえてもな、番場町の親分と言われた御用聞きだ。こういうことには、慣れてるのさ」

そう言って、孫六は虚空を睨《にら》んだ。岡っ引きらしい猟犬のような目が、ひかっている。孫六にも、辻斬り一味の背後に金貸し銀蔵の姿がおぼろげに見えていた。

二

ぴしゃり、ぴしゃり、と音がした。

孫六が腕だの首まわりなどを手でたたいている。蚊である。

孫六は、黒江町の掘割のそばにいた。以前、源九郎と身をひそめていた町家の朽ちかけた板塀の陰である。そこから、竹五郎長屋へつづく路地木戸に目をやっていたのだ。

掘割が近いせいか、陽が沈むと蚊がまとわりつき、孫六は手で追ったり、たたいたりしながら倉田が出てくるのを待っていたのだ。

おみよの帯祝いをした二日後だった。孫六は、助次という職人ふうの若い男と金貸し銀蔵の住処をつきとめようと思っていた。助次や銀蔵が、相模屋と松村屋の番頭、それに猪之助殺しにかかわっていることが分かれば、栄造に知らせてすぐにも捕縛することができる。そうすれば、又八が辻斬り一味に襲われる恐れもなくなるのだ。

……ちくしょう、蚊のやろう。年寄りの血を吸うんじゃァねえ。もっと、若い者にたかりゃァがれ。

孫六はぶつぶつと毒づきながら、倉田が出てくるのを待っていた。

それから、小半刻（三十分）ほどして、やっと倉田が姿を見せた。深編み笠をかぶっている。

……今日は、めしを食いに出てきたんじゃァねえようだぜ。

孫六は源九郎とふたりで、倉田の跡を尾《つ》けてから二度この場に来て倉田を尾行していた。

二度とも、倉田は近くの一膳めし屋にめしを食いにいっただけで、長屋にもどってしまった。ただ、そのときは深編み笠はかぶっていなかったのだ。

孫六は倉田の跡を尾け始めた。

倉田は掘割沿いの道を足早に八幡橋の方へむかっていく。

八幡橋のたもとで、倉田は足をとめた。以前、助次と思われる若い男と待ち合わせしたときと同じである。

……来たぞ！

孫六が町家の陰に身を寄せていっとき経つと、手ぬぐいで頰《ほ》っかむりした職人ふうの男が姿をあらわした。以前見た男である。

ふたりは大川の方へむかって歩いていく。

また、船宿で一杯やるつもりか、と思ったが、そうではなかった。ふたりは船宿の前をそのまま通り過ぎたのである。

……どこへ行く気だい。

孫六はふたりの跡を尾けた。

ふたりは永代橋のたもとまで行くと、大川端に足をとめた。そのまま佇《たたず》んでいる。だれか待っているようである。

永代橋のたもとは淡い暮色に染まっていた。人影はけっこう多かった。迫りくる夕闇に急《せ》かされるように、仕事帰りの職人、ぼてふり、風呂敷包みを背負った店者などが足早に行き来している。

ひとり、痩身の牢人がふたりに近付いて何やら言葉をかわしていた。牢人はそのまま倉田の脇へ立った。いっときすると、深編み笠をかぶった武士ふたりが姿を見せ、同じように言葉を交わしてその場に立った。ふたりの武士は小袖に袴姿だった。牢人の感じはしなかった。

つづいてもうひとり、一見して無頼牢人と分かる風体の男が、近付いてきて倉田と言葉を交わした。すると、倉田が四人の男に何か言葉をかけ職人ふうの男といっしょに歩き出した。すこし間を置いて、牢人がふたり、つづいて深編み笠の武士がふたりと跟《つ》いていく。

……やつら、何をする気だ！

新たにくわわった男は四人だった。いずれもうろんな男たちである。

六人は大川端を、本所の方へむかって歩いていく。

……はぐれ長屋に行く気かもしれねえ。

そう思ったとき、孫六の頭に、長屋を襲撃して又八を殺すつもりだ、との思いがよぎった。ちょうど、いまごろは又八が長屋にもどっているころである。

……こうしちゃァいられねえ！

孫六は駆けだした。

長屋には又八だけではない。身重のおみよもいる。下手に手を出せば、長屋の連中も斬り殺されるかもしれない。

前を行く一団を追い越すわけにはいかなかったので、小名木川を渡ったところで、孫六は右手の路地へ入り、六間堀沿いの道を本所へむかった。

孫六は左足が不自由だったので、あまり速く走ることができなかった。それでも、懸命に走った。顔が赭黒《あかぐろ》く染まり、目がひき攣《つ》り、ゼイゼイと荒い息を吐きながら孫六は走りつづけた。

通りすがりの職人ふうの男が孫六の剣幕に驚いて道をあけ、大工らしい男が怪《け》訝《げん》な顔をして路傍で見送っている。

孫六は通行人などにかまっている余裕はなかった。すこしでも早く長屋へたどり着こうと、夢中で走った。

孫六は竪川にかかる一ッ目橋を渡り、竪川沿いの道を泳ぐように走って、長屋へつづく路地木戸をくぐった。

長屋は静かだった。女や子供の声が聞こえたが、いつもの夕暮れ時の長屋である。

孫六は、まず源九郎の家へ飛び込むや否や、

「だ、旦那ァ！」

悲鳴のような声を上げた。顔はくしゃくしゃである。

土間の竈《へっつい》の前に屈み、火を焚《た》きつけようとしていた源九郎は、驚いた顔をして立ち上がった。

「どうした、孫六！」

「き、来やがる！」

「何が来るのだ」

「倉田たちが、六人もで長屋へ押しかけて来やす」

「なに、六人だと」

「へい、倉田のほかに侍《さむれえ》が四人いやす」

「孫六、すぐに菅井たちに知らせろ」

「へい」

孫六が飛び出した。

源九郎は刀を差して外へ出ると、隣近所の部屋に飛び込み、居合わせた亭主や女房に、

「うろんな者たちが、長屋へ来る。女子供は外へ出るな。男たちはわしが合図をしたら、何か投げつけられる物を持って外へ出ろ」

そう言い、すぐに長屋へ触れ歩くよう頼んだ。

長屋には、仕事に出ていた男たちの多くが帰っていた。人数が多くなれば、大きな戦力になるはずである。

源九郎の指示で長屋の者たちが駆けまわり、ほどなく長屋中に知れ渡った。もっとも、棟割り長屋なので、お互いが両隣に知らせれば、すぐに伝わるのである。

長屋はひっそりと静まった。異様な静けさである。どの家も腰高障子をしめ、息を殺して外の気配をうかがっているにちがいない。

源九郎は長屋の様子を見てから孫六の家へ駆けつけた。

すでに、菅井、茂次、三太郎が顔をそろえていた。座敷には、おみよと又八、それに孫六がいた。おみよは蒼ざめた顔で部屋の隅に身を寄せ、その前に又八と孫六が並んで立っていた。ふたりでおみよを守るつもりらしい。

孫六は必死の形相で十手を握りしめていた。岡っ引きだったころ使った物らしく、すこし錆《さ》びている。

「おみよには、手を出させねえ！」

孫六が目を剝《む》いて言うと、又八も口をひき結んでうなずいた。

三

「来やがった！」

戸口から外を覗いていた茂次が叫んだ。

「菅井、外でやろう」

源九郎は、長屋の外で迎え撃つつもりだった。ただ、菅井とふたりだけでは、六人の男に太刀打ちできない。長屋の住人の手を借りねばならないのだ。そのためには、外で闘う必要がある。

「よし」

菅井はすばやく袴の股だちを取り、刀を腰に差して戸口から出た。

「茂次、三太郎、ふたりは戸口にいて、やつらが入って来たら天秤棒か心張りで殴りつけろ」

「合点だ」

茂次が声を上げ、戸口に立てかけてあった又八の天秤棒を手にすると、三太郎も目をつり上げて、心張り棒を握りしめた。

源九郎が外へ出ると、井戸端の方から近付いてくる男たちが見えた。先頭に頬っかむりした職人ふうの男、背後に倉田らしい深編み笠、さらに四人の男たちがつづいている。ふたりの牢人は初めて見る顔だが、いずれも荒《すさ》んだ感じがし、一目で無頼牢人と分かる雰囲気をただよわせていた。金で雇われたごろつきであろう。

深編み笠のふたりの武士は得体が知れなかった。小袖に袴姿で、二刀をおびている。牢人には見えなかったが、かといって主持ちの武士のようでもない。ただ、剣は遣えるらしく、身構えに隙がなかった。

そのとき、静まった長屋のあちこちから、住人の上ずった声が聞こえてきた。腰高障子の破れ目や板壁の隙間から外を覗いて、押し入ってきた男たちの姿を見たのであろう。六人が通り過ぎると、パタパタと腰高障子があき、戸口から男たちが顔をのぞかせた。どの顔もこわばっている。

源九郎と菅井は、近付いてくる男たちの行く手をふさぐように立った。又八の家へ近付けるわけにはいかなかったのだ。

六人の男たちも、五間ほどの間をとって足をとめた。

「倉田左之助か」

源九郎が深編み笠の男に声をかけた。

「名を知られているなら、こんな物はいらぬ」

そう言うと、倉田は深編み笠をはずし、脇へ捨てた。総髪で面長、眼光のするどい剽悍《ひょうかん》そうな面構えの男だった。

「大勢だな」

源九郎が、倉田の後ろにいる四人に目をやりながら言った。

「てめえら、皆殺しにしてやるのよ」

職人ふうの男が声を上げると、四人の男がふたりずつ左右に分かれ、源九郎と菅井を囲むように動いた。ふたりの牢人は、野犬を思わせるような血走った目をしている。深編み笠のふたりは、笠を取ろうとしなかった。

「はぐれ長屋をみくびるなよ。わしら、ふたりと思っているのか」

源九郎がそう言い、

「みんな、出てきてくれ！」

と、怒鳴った。

すると、長屋中からいっせいに腰高障子をあける音がひびき、戸口から男たちが飛び出してきた。手に手に、石、薪《まき》、下駄などを握りしめていた。戸口付近にあった投げ付けられる物を手にして出てきたらしい。なかには丼《どんぶり》や茶碗を持っている者もいた。どの顔もこわ張っている。

女、子供、年寄りは、戸口から首をつき出して、不安そうな顔で外の様子を見つめている。

「て、てめえら、おれたちに楯突く気か！　長屋に火を点《つ》けて、皆殺しにしてやるぞ」

職人ふうの男が恫喝《どうかつ》するように叫んだ。

戸口から出て来た男たちの顔に動揺がはしった。恐怖と不安で、顔がこわばっている。

まずい、と源九郎は思った。長屋の者たちが尻込みして、ひっ込んでしまえば、この勝負は源九郎たちの負けである。又八やおみよの命を守れないかもしれない。

「恐れるな！　わしらが長屋は守る」

源九郎が声を張り上げた。いつになく、激しい口調である。

つづいて菅井が、

「安心しろ、おれの刀にかけても、そいつらに勝手な真似はさせぬ」

と、目をつり上げて言った。

長屋の男たちの顔から拭い取ったように不安と恐怖の色が消えた。ふたりの言葉を聞いて、安心したようだ。これまでも長屋の者たちを守ってきた源九郎と菅井は、長屋の住人に信頼されていたのである。

「投げつけろ！」

源九郎が叫んだ。

ワアッ！　と喚声を上げ、長屋の男たちがいっせいに手にした物を六人の男たちに投げつけた。石や薪などが乱れ飛び、六人の男を襲い、長屋の粗壁や屋根に当たり、地面に転がった。

「おのれ!」

ふいに、深編み笠のひとりが怒りの声を上げ、抜刀して近くの男たちに突進した。

わああ、と悲鳴のような声を上げて、男たちは逃げ散った。すると、他の男たちが飛び出した深編み笠の武士にいっせいに手にした物を投げつけた。

お熊、おまつ、お島、お妙《たえ》など、女房連中の顔もあった。目をつり上げて、手にした丼や皿などを投げている。男たちだけには任せておけなくなり、家から出てきたらしい。

武士の体にいくつも石や薪、丼などが当たり、かぶっていた深編み笠が飛んだ。武士は悲鳴を上げ、両手で頭をおおって長屋の陰へ逃げ込んだ。

さらに、ふたりの牢人が刀を振り上げ威嚇《いかく》するように怒号を上げると、そのふたりにも、石や薪、丼などが飛んだ。

この様子を見た菅井が仕掛けた。

居合腰に沈め、刀の柄に手を添え、つ、つ、と菅井の正面に立っていた髭《ひげ》の濃い牢人の前に身を寄せた。すばやい寄り身である。

「や、やるか！」

牢人が慌てて抜刀した。

牢人が青眼に構えようとしたところへ、菅井が抜きつけた。

タアッ！

鋭い気合とともに腰元から閃光《せんこう》が疾《はし》った。

シャッ、と鞘走る音がし、牢人が絶叫を上げた。牢人は後ろへよろめき、刀を構えようとしたが、恐怖と興奮とで体がはげしく顫《ふる》えている。

牢人の顎《あご》に血の色があった。一瞬、上をむいたため、菅井の切っ先に顎を割られたのである。

四

菅井が仕掛けるのと同時に、源九郎も動いていた。

すぐに倉田と対峙し、抜刀して青眼に構えた。そして、切っ先を倉田の目線につけ、足裏を摺《す》るようにして間合をつめ始めた。その場の混乱に乗じて一気に勝負をつけたかったのである。

対する倉田は下段だった。両肩を落とし、切っ先が地面に付くほど刀身を下げていた。以前、対戦したときと同じ構えである。

倉田も間合をつめてきた。周囲の慌ただしい動きのなかで、じっくりと構えて気魄《きはく》で攻める余裕がなかったにちがいない。

両者の間合が、引き合うようにせばまっていく。同時に、ふたりの全身に気勢が満ち、するどい剣気が放射された。

斬撃の間境に踏み込むや否や、源九郎が仕掛けた。

ヤアッ！

裂帛《れっぱく》の気合を発し、青眼から真っ向へ斬り込んだ。けれんのない、するどく迅《はや》い斬撃だった。

オオッ！

ほぼ同時に、倉田は体をかわしながら、袈裟《けさ》に斬り込んだ。

一瞬の攻防だった。

次の瞬間、ふたりは背後に跳び、間合を取って、ふたたび青眼と下段に構えあった。

倉田の着物の左の肩口が裂け、血の色があった。体をかわしたが、源九郎のするどい斬撃に肌を裂かれたのである。

一方、源九郎は無傷だった。倉田の切っ先はとどかず、空を切って流れたのである。

倉田の顔が怒りと屈辱にゆがんだ。老いて、うらぶれた源九郎に二度も後れをとったからであろう。

「おのれ！」

倉田が憤怒に顔をゆがめて、源九郎に斬り込もうと下段に構えたときだった。

「倉田の旦那、ここは引きやしょう」

職人ふうの男が叫び、自分のそばに落ちていた薪を拾うと、これでも、くらえ！　と叫びざま、源九郎に投げつけた。

一瞬、源九郎は刀をふるって薪をたたき落としたが、体勢がくずれ、慌てて後じさった。咄嗟《とっさ》に、生じた隙を倉田につかれるのをふせいだのである。

「覚えておれ！」

叫びざま、倉田は反転した。

つづいて職人ふうの男も、後を追って駆けだした。それを見たふたりの武士と牢人ひとりが慌てて逃げだした。

ワァッ、と長屋中から割れるような歓声が上がった。男たちだけでなく、長屋の戸口から出てきた女子供、年寄りまでが、歓声にくわえて逃げていく倉田たちに罵声《ばせい》や嘲笑《ちょうしょう》を浴びせている。

源九郎は菅井の方に目を転じた。総髪を振り乱し、白刃をひっ提げて立っている菅井の前に、牢人がひとり腹を押さえてうずくまっていた。菅井が真っ先に仕掛けた相手である。

「どうした？」

源九郎が菅井に歩を寄せた。

「なに、生かしておけば、何か聞き出せるかと思ってな」

菅井が口元にうす笑いを浮かべて言った。どうやら、峰打ちにしたようである。ただ、顎から胸部にかけて血に染まっているので、菅井の抜きつけの一刀を顎のあたりに受けたらしい。

男は唸《うな》り声を上げていた。髭の濃い、いかつい面構えをしていたが、苦痛と恐怖に顔がゆがんでいた。

源九郎と菅井が近付くと、孫六と茂次も駆け寄ってきた。倉田たちが逃走したことを知って外へ出てきていたのである。

「おぬしの名は」

源九郎が歩を寄せて訊いた。

「こ、小山武左衛門《こやまぶざえもん》……」

小山は絞り出すような声で答えた。

「なぜ、倉田たちに味方したのだ」

源九郎は、小山ともうひとりの牢人は長屋へ襲撃する前に倉田たちの仲間にくわわったのだろうとみていた。

「おれと高井《たかい》は、金をもらったのだ。五両な」

隠す気はないようである。おそらく、自分を見捨てて逃走した倉田たちに義理立てする必要はないと思ったのであろう。

小山によると、深川熊井町の飲み屋で高井と飲んでいるとき、倉田と職人ふうの男にそれぞれ五両もらい、助太刀を頼まれたのだという。

「職人ふうの男の名は？」

「こ、小助《こすけ》と呼んでいたな」

まだ、腹部が痛むのか、顔をしかめながら言った。肋骨でも折れているのかもしれない。顎の傷はたいしたことはなさそうだった。まだ、出血していたが、皮肉を裂かれただけらしい。

「助次ではないのか」

源九郎が念を押すように訊いた。

「小助だ」

「そうか」

どうやら、助次は偽名だったらしい。岩右衛門を強請《ゆす》るのに、本名を隠していたにちがいない。

「小助だったのか」

聞いていた孫六がつぶやいた。知っているような口振りである。

「孫六、小助を知っているのか」

源九郎が孫六に訊いた。菅井と茂次も孫六に目をむけた。

「顔を見たことはなかったし、知ってるってほどじゃァねえんだが……。猿《ましら》の小助と呼ばれていやしてね。金貸し銀蔵の片腕と噂されていた男でさァ」

孫六によると、小助は猿のようにすばしっこいことから猿の小助と呼ばれ、闇の世界でも残忍なことで知られていたという。

「これで、小助と倉田が銀蔵の仲間であることがはっきりしたわけだな」

表に姿を見せない銀蔵は、高利の貸し付け、人殺し、店の強奪などの悪事の実行役に小助や倉田を使っていたのであろう。

その倉田といっしょにいるところを、銀蔵は又八に見られてしまった。そして、咄嗟に倉田に殺せと指示したが、逃げられた。

銀蔵は、そのとき二度失敗をしたのだ。ひとつは、倉田といっしょにいるところを見られたこと。もうひとつは、咄嗟に倉田の名を出して、斬れ、と命じたこと。この二点によって、倉田と自分の関係を又八に知られてしまった。そのことに気付いた銀蔵は、なんとしても又八を始末したかったのだろう。

「他に武士がふたりいたな。あの者たちは」

源九郎が小山に視線を移して訊いた。

「石丸《いしまる》と池井《いけい》だ」

「御家人か？」

「知らぬ。おれが知っているのは、ふたりの名だけだ」

小山が、ふたりと永代橋のたもとで会い、そのままここへ来たことを言い添えた。小柄な男が石丸で、中背が池井だという。小山が嘘を言っているようにも見えなかった。

「うむ……」

どうやら、石丸と池井は、小山と高井のように金で買われた野良犬とはちがうようだ。銀蔵の仲間なのかもしれない。

源九郎はいっとき虚空に視線をとめて黙考していたが、

「小山、行け」

と、声をかけた。始末するほどのことはないと思ったのである。

小山は腹を押さえたまま立ち上がった。呻《うめ》き声を洩《も》らしながら、よろよろと路地木戸の方へ歩いていく。

「華町の旦那、いいんですかい」

茂次が訊いた。

「いいさ、やつも高井もこれで懲《こ》りたろう。倉田たちとは縁を切るはずだ」

高井はともかく、小山は二度と倉田たちに味方することはないだろう。

小山の負け犬のような後ろ姿が、暮色につつまれた路地木戸から消えていく。

いつの間にか、長屋の住人が大勢源九郎たちをとりかこんでいた。男たちをはじめ女房連中、子供、老人、ほとんどの住人が長屋から出てきたらしい。まだ石や丼を手にしている者もいた。だれも口をひらかなかったが、興奮した面持ちで源九郎たちに視線を集めている。

「みんな、助かったぞ。又八もおみよも無事だ」

源九郎が声を上げた。

すると、いっせいに歓声と私語が起こり、源九郎たちのまわりが急に賑やかになった。合戦にでも勝ったような騒ぎである。子供たちのなかには、浮かれて大人たちのまわりで跳ねまわる子もいた。

ただ、不安そうな表情を浮かべている者もいた。小助が、長屋に火を点けて、皆殺しにしてやる、と叫んだ言葉を思い出したのかもしれない。

五

「長屋を襲ったんですかい」

栄造が驚いたような顔をして聞き返した。

「そうだ。孫六が事前に知らせてな。ことなきを得たのだが、これで終りとは思えぬ。倉田らは別の手を考えてくるかも知れんな」

源九郎はあえて小助が、長屋に火を点けて皆殺しにすると言ったことは、口にしなかった。栄造に話しても仕方がないと思ったのである。

この日、源九郎と孫六は諏訪町にある勝栄に来ていた。これまでつかんだ情報を栄造に知らせるとともに、栄造からも銀蔵や小助のことを聞き出すためである。

「それでな、おめえなら小助のことを知ってるんじゃァねえかと思ってな。こうして、旦那といっしょにきたのよ」

そばをたぐる箸をとめて、孫六が言った。

「猿の小助か」

栄造の目がけわしくなった。腕利きの岡っ引きらしい凄みのある目である。

「小助は、銀蔵の片腕だよ」

栄造によると、小助はこれまで銀蔵の下で悪事を働いてきたらしいが、うまく立回り、町方にも尻尾《しっぽ》をつかまれていないという。

「倉田は？」

源九郎が訊いた。すでに、そばは食い終えている。

「銀蔵の用心棒とみられていやす。おそらく、やつが辻斬りにみせて、相模屋と松村屋の番頭を斬ったんでしょう」

ただ、推測だけで確かな証《あかし》は何もないという。

「番頭の持っていた金を奪うためか」

「それだけじゃァねえでしょう。銀蔵は、相模屋と松村屋の息の根をとめるために、番頭の金を狙ったんじゃァねえですかね。……実は、相模屋は借金の形に店をとられるという話ですぜ」

「そうか」

すでに、相模屋の主人徳十郎は倅《せがれ》の首を絞めて殺した上で、自分も首を吊って自殺していた。その後、奉公人たちが相模屋をつづけていると聞いていたが、銀蔵が店を借金の形に取り上げたのであろう。

「銀蔵は、奉公人たちを店に置いて商いはつづけるようです。すぐに店を売るより得だとみたんでしょう。ですが、商いがうまくいかなければ、すぐに店を処分してしまいますよ」

栄造が吐き捨てるように言った。

「金貸しの他でも儲けようというのだな」

「それが、銀蔵の手でしてね。これまでも借金の形に大店を手に入れ、商売がうまくいかなければ、すぐに売り払って損はしねえようにしてたらしい」

「あくどいな」

「銀蔵は、相模屋と同じように松村屋も狙っていると思いやすぜ」

「うむ……」

とすると、近いうちに松村屋にも取り立てが来るだろう。

「ですが、ここにきて倉田や小助が殺しにかかわっていたことが見えてきやした。ふたりをお縄にして、銀蔵のことを吐かせる手もありやす」

栄造が語気を強めて言った。

「ところで、銀蔵の住処は分かっているのか」

「それが、はっきりしねえんで」

栄造によると、銀蔵は町方の探索と借金で苦しめた相手に命を狙われることを恐れ、ほとんど表に姿をあらわさず、何人かいる情婦のところに隠れ住んでいるらしいという。

「それでは、銀蔵の悪事が露見しても、すぐには捕らえられないな」

又八は、それほど用心していた銀蔵と偶然鉢合わせして、その顔と倉田といっしょにいるところを見てしまったのだ。銀蔵が、又八を始末しようと躍起になってるのも、うなずける。

「倉田と小助に、居所を吐かせるより他に手はねえかもしれやせん」

「そうだな」

源九郎は、それもむずかしいと思った。倉田と小助は簡単には吐かないだろうし、ふたりが町方に捕らえられたことを知れば、銀蔵は別の場所に身を隠すだろう。それに、銀蔵には、倉田と小助の他にも仲間がいるような気がした。長屋に倉田たちと姿を見せた石丸と池井、それに、大川端で菅井を襲った大柄な武士もいる。

「ところで、栄造、石丸と池井という男を知っているか」

源九郎が訊いた。

「いえ、知りませんが」

「倉田たちと長屋を襲った者なのだ」

源九郎は、ふたりの身装《みなり》だけを話し、牢人ではないようだ、と言い添えた。

「倉田と小助の他にも、銀蔵の息のかかった侍がいるのか」

栄造がけわしい顔をした。

「そのようだな」

「厄介な相手だ」

「いずれにしろ、銀蔵の居所をつかまねばならんな」

「その前に、小助の塒《めえ》をつかむつもりでおりやす」

栄造によると、小助の情婦が深川黒江町の小料理屋の女将をしているので、その筋から洗ってみるという。

「実はな、近いうちに銀蔵か、一味のだれかが姿を見せるはずなのだ」

源九郎は話題を変えた。

「どういうことです」

栄造が源九郎に目をむけた。

「松村屋に借金の取り立てにな」

銀蔵自身で来るかどうかは分からないが、一味のだれかが松村屋に乗り込んでくるはずである。

「そのときは、わしに松村屋から知らせに来ることになっているのだ。銀蔵が姿を見せれば捕らえてもいいし、来なければ一味の者を尾ける手もある」

「なるほど」

「そのときに、おまえの手を借りたいのだ」

銀蔵を捕縛するのは、町方の仕事である。それに、銀蔵たちは源九郎たちが松村屋にかかわっていることを予想し、何らかの策を講じている可能性が高い。源九郎たちだけでは太刀打ちできないかもしれない。

「承知しやした」

栄造が目をひからせて言った。

「油断するなよ。銀蔵一味は、人殺しなど何とも思っておらぬようだ」

「あっしも、猪之助の二の舞いは踏みたくありませんや」

栄造が顔をひきしめて言った。

「栄造親分にもしものことがあったら、お勝さんが泣くものなァ」

孫六が茶化すように言ったが、栄造はけわしい顔のまま表情を変えなかった。

源九郎と孫六は、それから小半刻（三十分）ほどして、勝栄を出た。店の外は淡い暮色に染まり、町筋はひっそりとしていた。ふたりは千住街道へ出て、浅草御門の方へむかった。今日は、このままはぐれ長屋に帰るつもりだった。

「孫六、どうだ、おみよの様子は」

歩きながら源九郎が訊いた。

「へい、でえぶ腹が出てきやしてね。そっくり返って、めしの仕度や洗い物をしてまさァ」

孫六が目を細めて言った。

「いまが大事だ。無理をさせるなよ」

「でえじょうぶでさァ。あっしと又八とで、口がすっぱくなるほど言い聞かせていやすんでね」

「それなら安心だ。……いずれにしろ、楽しみだな」

「ヘッヘ……」

孫六はだらしなく目尻を下げた。

六

源九郎と孫六が栄造に会った三日後、松村屋の番頭、清蔵が慌てた様子ではぐれ長屋に姿を見せた。清蔵はこわばった顔で、

「は、華町さま、銀蔵の手下が店に来ました」

と、声を震わせて言った。

「手下の名は？」

「名は言いません。職人ふうの男と牢人です」

「職人は二十四、五の目の細い男か」

「は、はい」

清蔵がうなずいた。小助である。

「牢人は、細身で面長の男ではないかな」

源九郎は倉田であろうと思った。

「そうです」

借金の取り立て役は、小助と倉田らしい。

「それで、どうした？」

「華町さまに言われたとおり、主人が、明日、借金は払うから、と言って、とりあえず帰ってもらいました」

「ふたりは、おとなしく帰ったのか」

「主人に、金の工面が明日までにつくのか、しつっこく訊いていたようですが、主人が金の都合はつくと答えると、明日、来ると言って帰ったそうです」

「分かった。明日、店へ行く。後はわしらが引き受けるから、岩右衛門どのに安心するよう伝えてくれ」

「あ、ありがとうございます」

清蔵は、ほっとしたような顔をして何度も頭を下げた。

その日のうちに、源九郎は菅井、孫六、茂次、三太郎の四人を部屋へ集めた。

今度はこちらから仕掛ける番である。

源九郎は菅井とふたりで、倉田と小助に会うことにし、茂次と三太郎にふたりの跡を尾けるよう頼んだ。

「あっしは、何をするんで」

孫六が不服そうな顔をした。

「孫六は、今日のうちに栄造と会い、ことの次第を伝えてくれ。おそらく、敵も何か手を打ってくる。栄造に頼んで、岡っ引き仲間をできるだけ集めて欲しいんだ」

源九郎の頭には、石丸と池井、それに正体のまったく知れない大柄な武士の存在があった。小助たちから話を聞いた銀蔵が、金の都合がつくと言った岩右衛門の言葉をそのまま信じるとは思えなかった。裏に何かあると勘ぐり、何か手を打ってくるはずである。

「承知しやした」

「あっしらは、尾けるだけでいいんですかい」

茂次が訊いた。

「そうだ。倉田の塒はつかんでいるので、銀蔵と小助。もっとも、銀蔵が姿を見せるかどうか分からん。そのときの様子で、御家人ふうの武士も尾けてみてくれ。いいか、決して近付くなよ」

源九郎は、石丸と池井、それに大柄な武士があらわれる可能性があることを話し、三人のうちだれかひとりの住処をつかむよう頼んだ。ひとり分かれば、他のふたりの正体も知れるだろう。

「分かりやした」

茂次が言い、三太郎がうなずいた。

翌朝、源九郎と菅井が長屋を出た。そのふたりの跡を尾けるように、茂次と三太郎が出ていった。すでに、孫六は諏訪町にむかっていた。今日は栄造と行動することになっていたのである。

松村屋の店先に清蔵と手代が立っていた。顔がこわばっている。源九郎たちが来るのを待っていたようだ。

「華町さま、お待ちしておりました。……どうぞ、どうぞ」

清蔵と手代は腰を折って、源九郎と菅井を迎えた。

「銀蔵はまだか」

源九郎が訊いた。

「は、はい、まだです」

清蔵が震えを帯びた声で言った。

岩右衛門は奥の座敷で源九郎が来るのを待っていた。障子をあけて源九郎たちが入って行くと、すぐに岩右衛門が立上がり、

「は、華町さま、さァ、ここへ」

手を震わせて上座へ招き、源九郎と菅井を座らせた。

顔が憔悴《しょうすい》し、目が落ちくぼんでいた。不安と恐怖で、昨夜は眠れなかったのかもしれない。

「銀蔵が来るか使いの者が来るか分からんが、いずれにしろ、わしと菅井とで談判する。岩右衛門どのは、奥にひっ込んでしまわれて結構でござる」

「あ、ありがとうございます。助かります」

岩右衛門は、畳に額がつくほど低頭した。

だが、銀蔵も使いの者もなかなか姿を見せなかった。昼を過ぎ、店仕舞いがちかくなった暮れ六ツ（午後六時）前になって、源九郎と菅井のいる奥の座敷に清蔵が慌てて入ってきた。

「き、来ました」

清蔵がひき攣《つ》った声で言った。

「銀蔵か」

「わたしには分かりませんが、三人です。昨日来たふたりと、もうひとり」

清蔵は銀蔵の顔を見たことがないという。

「もうひとりは、どんな男だ」

「大柄な方で、商家の旦那ふうです」

「うむ……」

銀蔵であろう、と源九郎は読んだ。

「ど、どういたしましょう」

「ここへ通してくれ。わしらが談判する。岩右衛門どのは、姿を見せなくてもよいと伝えてくれ」

「分かりました」

清蔵はあたふたと奥へ行き、それから帳場の方へまわったようだ。

七

障子があいて、三人の男が姿を見せた。

まず、小助と倉田が入ってきた。その後に、恰幅《かっぷく》のいい男がいた。絽羽織《ろばおり》に子持縞の単衣《ひとえ》、上物の莨入《たばこ》れを角帯に差していた。大店の旦那ふうの格好である。赤ら顔、眉毛が濃く、大きな鼻をしていた。

……銀蔵だ！

源九郎は直感した。又八から聞いていた人相の男である。

三人は座敷にいる源九郎と菅井を見て足をとめ、数瞬、睨むように見つめていたが、

「こんなことだと、思いやしたぜ」

と小助が言って、ふたりの前にどかりと腰を下ろして、胡座《あぐら》をかいた。悪びれた様子はまったくない。

倉田と恰幅のいい男は、小助の背後に無言のまま膝を折った。

「わしは、華町源九郎ともうす者。岩右衛門どのに談判を頼まれましてな。以後は、わしらと話していただきたい」

源九郎がそう言うと、脇に座していた菅井が、

「おれは、菅井紋太夫。談判役のひとりだ」

と、目をひからせて言った。

「おれたちは、おめえたちと談判などするつもりはねえ。そっくり耳をそろえて、貸した金を返してくれりゃァ、それでいいのよ」

　小助が口元にうす笑いを浮かべて言った。

「貸した金とは？」

「利息も溜まってるんでな。三百両になるかな」

「三百両。それは、何かのまちがいであろう。岩右衛門どのは百五十両借りたと言っている。それに、番頭が持っていた九十二両は、すでにそちらへ渡っているはずだ。残りは、五十八両ではないのか」

　源九郎が小声だが強いひびきのある声で言った。

「な、なんだと！　ふざけたことをぬかすんじゃァねえ」

　小助が声を上げた。猿のような顔が憤怒で赭黒く染まり、膝の上に置いた手が震えている。

「こっちには、証文があるんだ」

　小助が両袖をたくし上げた。

「その証文は反古《ほご》にしてもらいたい。気に入らないなら、出るところへ出てもかまわんぞ」

怒声を上げ、小助が片膝を立てて、右手をふところにつっ込んだ。匕首《あいくち》を呑んでいるらしい。

それを見た倉田と菅井が、ほぼ同時に脇へ置いた刀に手を伸ばした。一瞬、男たちは睨み合ったまま動きをとめた。殺気が座敷をつつんでいる。

「まァ、待ちな」

銀蔵と思われる男が、しゃがれ声で言った。

「ここは、穏やかに話そうじゃァないか」

「銀蔵さんかな」

源九郎が訊いた。

「そうです。銀蔵ですよ。……それにしても、いい度胸してますなァ」

銀蔵は、口元に微笑を浮かべて言った。名を隠す気はないようだ。それに、物言いに余裕がある。こうなることを予想して、店に来たのかもしれない。

「ですが、華町さま、すこし相手を見た方がよろしいですよ。それじゃァ長生きできません」

口元に微笑が浮いていたが、源九郎を見つめた目は笑っていなかった。刺すよ

うなひかりを帯びている
「そうかな。わしは、まだまだ長生きできると思っているのだがな」

「いえいえ、華町さまは、すこし強引過ぎます。華町さまは腕に覚えがあるようだが、それが災いするかもしれませんよ」

銀蔵は静かだが、凄みのある声で言った。

「強引なのは、わしよりそちらだと思うがな。……まァ、いい。ともかく、残りの五十八両、月一分の利息で、おいおい返すことにするが、それでいいな」

源九郎が念を押すように言った。

「それでは、談判にもなりませんな。また、出直しましょう」

そう言うと、銀蔵は腰を浮かせたが、何か思い出したように動きをとめ、

「華町さま、菅井さま、江戸には腕の立つ剣術遣いが他にもおります。伝兵衛長屋の者たちも、気をつけた方がいいですよ」

と、低いドスの利いた声で言って立ち上がった。

つづいて、倉田が口元にうす嗤《わら》いを浮かべたまま腰を上げた。

「首を洗って待ってな」

小助が捨て台詞《ぜりふ》を残して座敷から出ていった。

銀蔵たちが出ていって、いっときすると、廊下に足音がし、慌てた様子で岩右衛門が出て来た。

「は、華町さま、どうしました」

岩右衛門は敷居のそばに座るなり、訊いた。

「お帰りいただいたよ」

源九郎が素っ気なく言った。

「さすが、華町さま。助かりました」

岩右衛門の顔に安堵《あんど》と喜色の色が浮いた。

「また、来るだろう」

「えっ」

岩右衛門は背中でもたたかれたように首を伸ばし、目を剝いた。安堵と喜色の色は消えている。

「案ずるな。次も、わしらが来て、帰っていただく。借金五十八両は、月一分の利息で返すことで、話をつけてやる」

「いえ、借金は百五十両でございます。それに、利息が……」

「番頭が辻斬りに九十二両奪われているだろう。それを差し引くと、残りは五十八両になるではないか」

「はァ」

岩右衛門は怪訝な顔をした。

「それとも、百五十両どうしても払いたいのかな」

「いえ、五十八両ですむなら、その方が」

「それなら、わしの言うとおりにしたらどうだ」

「は、はい」

岩右衛門の顔に、また喜色が浮いた。

「さて、菅井、長屋へもどろうか」

そう言って、源九郎が腰を浮かせた。

菅井も立ち上がった。廊下へ出た源九郎と菅井の後を、岩右衛門が揉み手をしながら跟《つ》いてきた。

「このまま帰れるかな」

廊下で、菅井が小声で言った。顔がひきしまり、双眸《そうぼう》がひかっている。

「いや、あの男が何か仕掛けてくるとみた方がいい」

源九郎の目にも、剣客らしい鋭いひかりがあった。

第五章　攻防

一

「三太郎、出てくるぞ」

　茂次が声を殺して言った。

　茂次と三太郎は、松村屋の斜向《はす》かいにある酒屋の脇の天水桶の陰にいた。松村屋に倉田たち三人が入ったのを見てから、この場に身を隠して三人が出てくるのを待っていたのである。

　暖簾《のれん》をくぐって、三人の男が通りへ姿をあらわした。

「茂次さん、たぶんあの恰幅《かっぷく》のいい男が銀蔵ですよ」

　三太郎が小声で言った。

「そのようだな」

その風体から倉田と小助はすぐに分かった。もうひとり、恰幅のいい大店《おおだな》の旦那ふうの男が銀蔵だろうと茂次と三太郎は、見当をつけた。まだ、ふたりには銀蔵かどうかはっきりしていなかったのだ。

「尾《つ》けよう」

茂次と三太郎は天水桶の陰から出た。

三人の男は、松村屋を出ると掘割沿いの道をたどって、大川端へ出た。

暮れ六ッ（午後六時）過ぎである。大川端は淡い暮色につつまれていた。風のない静かな夕暮れ時だった。川向こうには浅草の町並がひろがり、薄墨《うすずみ》を掃いたような淡い夕闇のなかに黒く沈むように家々がつづいていた。対岸の正面には浅草御蔵の土蔵が何棟もつづき、白壁が妙にくっきりと浮かび上がったように見えていた。

大川の川面は、軒下に提灯《ちょうちん》を下げた屋形船や屋根船がゆっくりと行き交っていた。その涼み船の間をうろうろと舟がぬっている。

倉田たち三人の跡を尾ける別の男たちがいた。孫六と栄造、栄造の使っている下っ引きの茂太《しげた》、それに栄造が懇意にしているふたりの岡っ引きだった。

五人の男は、茂次と三太郎がひそんでいた天水桶から半町ほど離れた稲荷の祠《ほこら》の陰から松村屋の店先を見張っていた。そして、倉田たち三人が店を出たのを見て、跡を尾け始めたのである。ただ、すこし間を置いて尾けたため、前に茂次と三太郎の姿を見ながら尾けることになった。

「あの旦那ふうの男が、銀蔵かもしれねえな」

孫六が小声で栄造に言った。

「おれも、そうみてるぜ」

「大川端に出たらお縄にするのかい」

「それはできねえ。村上の旦那のお許しを得てねえ。今日のところは、やつらの塒《ねぐら》をつかむんだ」

栄造が言った。

下手人であっても、岡っ引きが勝手に捕縛することはできないのだ。それに、倉田がそばにいる以上、捕縛は簡単ではない。下手をすると、返り討ちに遭う恐れがある。

「まァ、塒さえ分かりゃァいつでも、捕れるからな」

孫六も栄造の立場は分かっていたので、それ以上は言わなかった。

「やつら、大川端へ出たぜ」

栄造が後ろにいるふたりの岡っ引きにも聞こえるように言った。

倉田たち三人は大川端を一町ほど歩くと、川岸に足をとめた。だれか待っているようである。

そこは大名の下屋敷の前で築地塀《ついじべい》になっていた。通りに、ぽつぽつと人影はあった。仕事を終えて家路を急ぐ出職の職人やぼてふりなどだが、川岸に立っている三人に不審の目をむける者はいなかった。倉田が町人体のふたりの陰に身を隠していたからであろう。

茂次と三太郎は川岸の柳の陰に身を隠し、三人に目をむけていた。

「おい、だれか来たぞ」

茂次が声を殺して言った。

見ると、両国橋の方から武士が三人こちらに歩いてくる。三人とも深編み笠をかぶり、小袖に袴姿で二刀を帯びていた。通りすがりの者たちではない。夕暮れ時に、三人そろって深編み笠をかぶっているのは異様だった。

「旦那が話してた侍たちだ」

三太郎が言った。

「そのようだな。これで、悪党どもがそろったってことだろうよ」

茂次が前方の三人の武士を見すえながら言った。

三人の武士は、倉田たちの前で足をとめた。何やら話しているらしいが、まったく声は聞こえなかった。

と、銀蔵だけがひとり、両国橋の方へ歩きだした。後の五人は、松村屋の方へ引き返していく。

「ど、どうしやす？」

「おめえに、銀蔵らしい男を頼む。おれは、侍たちを尾ける」

「合点だ」

三太郎は、川岸の柳の陰をたどるようにして、銀蔵の後を追った。

その三太郎の姿が暮色に溶けるように消えるのを見てから、茂次はその場を離れた。

五人の男は掘割沿いの道をたどって、松村屋の方へ歩いていく。

五人の男は半町ほど先に松村屋の店舗が見えるところまで来て、足をとめた。男たちは何か探すように周囲に目をやったが、小助だけ離れて松村屋へ近付き、残った四人は堀沿いに積んであった材木の陰へ身を隠した。

すでに松村屋は店仕舞いしたらしく、大戸をしめていた。通りに人影はなく、ひっそりと静まっている。掘割の岸を打つ水音が、絶え間なく聞こえていた。

小助は松村屋の隣店の板塀の陰に身を張り付けるようにして、松村屋の店先をうかがっていた。

……だれか、出てくるのを待ってるようだぜ。

小助たちが店に押し入るようには、見えなかった。だれか店から出てくるのを待っているにちがいない。

……旦那たちを狙ってるんだ！

茂次は察知した。倉田と三人の武士で、松村屋から出てくる源九郎と菅井を待ち伏せしているのである。

ふたりに知らせないとあぶない、と茂次は思った。何とかふたりに知らせる方法はないものかと思案したが、いい方法が浮かばなかった。

そのとき、松村屋の店先に人影があらわれた。源九郎につづいて菅井が、くぐり戸から通りへ出てきたのだ。

それを見て、小助が手を振った。源九郎たちが出て来た合図らしい。

源九郎と菅井は何やら話しながら、小助がひそんでいる前を通り、待ち伏せている四人の方へ近付いてくる。

二

源九郎と菅井は話をしながらも、通りの左右に目を配っていた。銀蔵一味の待ち伏せを予想していたのである。

左手は掘割で、右手は表店がつづいていた。辺りは暮色に染まり、どの店も店仕舞いし、表戸をしめている。

「華町、仕掛けてくるならこの辺りだぞ」

右手の表店が途絶え、空き地になっていた。左手の掘割沿いに材木が積んである。

「菅井、いるぞ」

源九郎が声を殺して言った。

材木の陰で、いくつかの人影が動いたのである。

「ひとりやふたりではないな」

菅井が左手で鍔元《つばもと》を握り鯉口を切った。

と、材木の陰から人影が通りに飛び出してきた。四人いた。ひとりは倉田、三人は御家人ふうだった。いずれも黒覆面で顔を隠している。かぶっていた深編み笠を捨て、覆面をかぶったのだ。

「菅井、来たぞ！」

一団が、源九郎たちを狙っているのはあきらかだった。

源九郎と菅井は、すばやい動きで掘割を背にして立った。背後からの攻撃を避けるためである。

ばらばらと走り出た四人は、源九郎と菅井を取りかこむように立った。すこし遅れて、松村屋の方から、小助が駆けつけた。

「うぬら、何者だ」

源九郎が誰何《すいか》した。

倉田、それにふたりの武士はその体軀《たいく》と身構えから、石丸と池井であることが分かったが、源九郎から離れ、菅井の左手にいる大柄の男が分からなかった。首が太く、胸が厚かった。どっしりと腰が据わっている。遣い手とみていいようだ。どこかで見たような体付きだったが、思い出せなかった。

「きさま、この前の男だな」

菅井が大柄な武士に声をかけた。

どうやら、菅井を大川端で襲った男のようだ。

大柄な男は無言だった。ゆっくりとした動作で刀を抜き、切っ先を菅井の胸元につけた。

すると、それが合図でもあったかのように、倉田、石丸、池井が次々に抜刀した。

「やるしかないようだな」

源九郎も抜いた。

菅井は源九郎から二間ほど間をとって、右手を刀の柄に添えて居合腰に沈めている。じゅうぶん刀をふるえるだけの間をとったのだ。

源九郎の正面に倉田が立った。右手が、石丸である。

倉田はいつものように両肩を落とし下段に構えていた。石丸は八相だった。石丸の構えにも、隙がなかった、なかなかの遣い手のようである。

……勝てぬな。

源九郎は察知した。

倉田ひとりなら後れをとるようなことはないが、石丸とふたりとなると、不利である。それに、菅井にも勝機はないだろう。菅井と対峙している大柄な武士は遣い手である。すでに、菅井は大柄の武士と立ち合い、後れをとったと聞いていた。しかも、いまはもうひとり池井が菅井に切っ先をむけているのだ。

源九郎は菅井と対峙している大柄な武士の位置が気になり、視線を投げた。

武士は青眼に構えていた。どっしりと腰の据わった巌《いわお》のような構えである。切っ先がぴたりと菅井の喉元につけられている。

その構えを見たとき、源九郎はハッとした。見覚えのある構えである。

……安井ではないか！

士学館で、籠手《こて》斬り半兵衛と謳《うた》われた男だ。

源九郎の脳裏で、若いころ打ち合った安井の構えと菅井と対峙している武士の構えが重なった。

まちがいない。剣客は、顔は忘れても対戦した相手の構えは記憶に残っているものなのだ。

そのとき、倉田が動いた。源九郎の視線が揺れ、剣気が散ったのを感知したのであろう。

タアッ！

鋭い気合を発し、倉田が下段から突いてきた。

喉元へ、槍の刺撃のような鋭い突きである。

咄嗟《とっさ》に、源九郎は体をかわしざま、刀身を撥《は》ね上げた。

が、一瞬遅れた。源九郎の刀身は空を切り、倉田の切っ先が源九郎の左肩先をとらえた。焼き鏝《ごて》を当てられたような衝撃が肩口にはしった。次の瞬間、源九郎は大きく背後に跳んで間合をとった。

肩先から血が流れ出ていた。だが、深手ではない。左手も自在に動く。皮肉を裂かれただけである。

「一寸だな」

そう言って、倉田が口元にうす笑いを浮かべた。一寸、切っ先が右手に寄っていれば、源九郎の喉をとらえていたのである。

「次は、そうはいかぬ」

源九郎は青眼に構え、切っ先を倉田の目線につけた。

倉田はふたたび下段に構えた。右手の石丸は八相に構え、斬撃の間合ちかくまでつめていた。全身に斬撃の気が満ちている。今度は、石丸も斬り込んでくるだろう。

倉田が下段に構えたままジリジリと間合をつめ始めた。石丸との間合もつまってくる。ふたりの剣気が、源九郎を威圧していた。

……このままでは斬られる！

と、源九郎は察知した。

そのときだった。菅井が鋭い気合を発し、踏み込みざま対峙した安井に抜きつけた。

シャッ、という刀身の鞘走る音とともに、菅井の腰元から閃光《せんこう》がはしった。

袈裟《けさ》へ。迅雷のような一撃だった。

刹那、安井が刀身を払った。一瞬の反応である。

キーン、という金属音がひびき、青火が散った。

刀身がはじき合い、ふたりの体勢がくずれたが、次の瞬間、ふたりは体勢をたてなおしざま二の太刀をふるっていた。

菅井は刀身を横に払い、安井は逆袈裟に撥ね上げた。

菅井の着物の胸部が斜に裂け、肌に血の線がはしった。一方、菅井の切っ先は空を切って流れた。わずかに、菅井の踏み込みが足りなかったのである。

ふたりは、背後に跳んで大きく間合をとった。

菅井の胸の皮膚から、ふつふつと血が噴き出て、筋になって肌をつたった。

「おのれ！」

菅井の顔がゆがんだ。居合の抜きつけの一刀をかわされた上に敵刃を受けたことで、菅井は屈辱と恐怖を覚えたのであろう。

「次は、その首、たたっ斬る」

安井が低いくぐもった声で言った。菅井を見すえた双眸《そうぼう》が、猛虎を思わせるように炯々《けいけい》とひかっている。

三

源九郎と菅井の窮地を、すこし離れた掘割沿いの樹陰から見ている男たちがいた。茂次と孫六たち五人である。

……だめだ、旦那たちが殺《や》られる！

茂次はそう思い、足元の石を拾った。

尾行して住処をつきとめるのが茂次の役目だが、源九郎たちの窮地を黙って見ているわけにはいかなかった。

「やろう！」

茂次は、鶏卵ほどの石を源九郎と対峙している倉田めがけて投げた。

距離があったため倉田には当たらず、石は倉田の足元をかすめて転がった。それでも、効果はあった。倉田は慌てて身を引き、そばにいた石丸も後じさって振り返った。

それを見た孫六たち五人が、樹陰から通りへ飛び出してきた。やはり、ここは源九郎たちを助けようと思ったのである。

「御用だ！　神妙にしろ」

栄造が十手をかざして、大声を上げた。

それにつられて茂太と孫六が、そして、ふたりの岡っ引きも、御用！　御用！と声を上げ、源九郎たちに走り寄った。

倉田や安井たちに動揺がはしった。まさか、町方がひそんでいるとは思っていなかったのであろう。

「引け！」

倉田が声を上げ、反転した。

「ちくしょう！　ちかいうちに、てめえたちを皆殺しにしてやるからな」

捨て台詞《ぜりふ》を残して、小助が踵《きびす》を返した。

安井、石丸、池井も、反転して駆け出した。ここは引くより手はないとみたようだ。

「待て！」

菅井が目をつり上げ、総髪を振り乱して後を追おうとした。

「菅井、追うな」

源九郎が引きとめた。この場は引いたが、倉田たち五人の方が戦力は上だった。応戦されれば、源九郎たちが危ういのである。

「無念だが、いたしかたない」

菅井は足をとめ、ハァ、ハァ、と荒い息を吐いた。菅井にも、まともにやりあったらかなわないことは、分かっていたのである。

そこへ、孫六たち五人が駆け寄ってきた。

「旦那、やられたんですかい」

孫六が驚いたように目を剝《む》いて、菅井に訊いた。

菅井の着物の胸部が裂け、露《あらわ》になった胸板がどす黒い血に染まっていた。

「なに、かすり傷だ。それより、華町は？」

菅井が源九郎を振り返った。

「わしも、たいした傷ではない」

源九郎の左肩先も血に染まっていた。ただ、すでに出血はとまっているらしく、新しい血の色はなかった。

「助かったが、せっかく姿を見せたやつらに逃げられたな」

菅井が残念そうに言った。

「いや、逃げられたわけではない。茂次と三太郎が、跡を尾けているはずだよ」

源九郎が濃い暮色につつまれた掘割沿いの通りに目をやりながら言った。

そのとき、茂次は大川端を両国橋の方へむかう倉田たち五人を尾行していた。石を投じた後、茂次は孫六たちが駆け付けるのを見て、ふたたび柳の陰へ身を隠し、五人の跡を尾け始めたのである。

倉田たち五人は茂次の尾行に気付かず、足早に大川端を歩いていく。すでに辺りは夜陰につつまれていたが、月光と大川の川面に浮かぶ涼み船の灯《ひ》とで、道筋はほんのりと明るかった。五人の姿が黒く浮き上がったように見えている。すでに、黒覆面はとっていたが、顔までは識別できない。

五人は両国橋のたもとで、立ちどまった。東の橋詰は涼み客で賑わっていた。

浴衣《ゆかた》姿の町娘、縞《しま》の単衣《ひとえ》を着流した若い男、綺麗所を連れた大店の旦那、子供連れの夫婦、物売り……。老若男女が行き交い、ときおり、川面から上がる花火が夜空を彩り、歓声があがる。両国橋界隈《かいわい》は、華やかな雰囲気につつまれていた。

橋のたもとで、五人は分かれた。倉田と小助は本所の方へむかい、安井、石丸、池井は人混みを分けるようにして両国橋を渡り始めた。

……侍《さむれえ》たちを尾けるか。

茂次は安井たち三人を尾けることにした。源九郎から、御家人ふうの武士三人のうちひとりの住処をつきとめるよう指示されていたからである。

両国橋の上は大変な人混みである。茂次は流れる人の波をかき分けるようにして、安井たち三人の跡を尾けた。

三人は両国橋の西の両国広小路を抜け、柳原通りへ出た。そこまで行くと急に人影がすくなくなり、夜陰が濃くなったように感じられた。三人は、夜陰のなかを足早に筋違御門《すじかいごもん》の方へ歩いていく。

神田川にかかる和泉橋のたもとで、三人は分かれた。安井だけが和泉橋を渡り、石丸と池井はそのまま柳原通りを筋違御門の方へむかった。

茂次は安井を尾けることにした。三人のなかでは頭格のような気がしたからである。

安井は和泉橋を渡り、神田佐久間町へ出ると、川沿いの道をしばらく歩いた後、右手の路地へ入った。いっとき町家のつづく路地を歩くと、ごてごてと小体《こてい》な武家屋敷のつづく通りになった。御家人や小身の旗本などの屋敷がつらなる武家地である。

しばらく武家屋敷のつづく通りを歩くと、武家屋敷がとぎれ、町家だけになった。そこは、下谷長者町《したやちょうじゃまち》である。

安井は表通りから細い路地へ入り、板塀をめぐらせた古い借家のような建物のなかに入っていった。借家にしてはひろいが、荒れた家だった。板壁は落ち、庇《ひさし》の一部が垂れ下がっている。それに殺伐として生活の臭いが感じられなかった。

……ここが、やつの塒かい。

茂次は戸口のそばで足をとめた。

いっとき周囲に目をやったが、話を聞けるような家も見当たらなかったので、その場を離れた。茂次は表店のつづく通りへもどり、そば屋が店をひらいているのを目にとめて、暖簾をくぐった。

頼んだそばを運んできた小女にそれとなく訊《き》くと、荒れ家に住む武士の名は、安井半兵衛とのことだった。

「御家人かい」

茂次が訊いた。

「いえ、道場をひらかれているようですよ」
十七、八と思われる小女は、浅黒い顔を露骨にしかめた。安井のことを嫌っているらしい。
「家族はいっしょなのかい」

「独りのようですよ。あたし、こまかいことは知りません。通りで見かけたことがあるだけですから」

小女はつっけんどんにそう言うと、そそくさと茂次のそばから離れてしまった。

四

茂次がそばをたぐっていたころ、三太郎は深川熊井町にいた。大川の岸辺の石段の陰から、斜向かいにある小料理屋の店先を見張っていたのである。

首筋を川風が撫《な》でていた。そこは桟橋につづく石段で、背後から大川の川面を渡ってきた風が吹きつけている。

三太郎は銀蔵を尾けてここまで来たのだ。銀蔵は大川端でひとりになった後、両国橋のたもとを横切り、川沿いの道をたどり、大川の河口に位置する熊井町まで来て小料理屋に入ったのである。

「桔梗屋《ききょうや》」が、小料理屋の名だった。

銀蔵が店に入った後、三太郎は店先まで行き、掛行灯《かけあんどん》に記してある屋号を見たのだ。

……腹がへったな。

三太郎は瓢箪《ひょうたん》のくぼみのようにへこんだ腹を押さえながらつぶやいた。

すでに、五ツ（午後八時）は過ぎているだろう。この場に、三太郎がひそんでから一刻（二時間）ちかく経つ。

三太郎は銀蔵が店を出てくるまで待ち、さらに跡を尾けて、住処をつかもうと思ったのだが、銀蔵はなかなか出てこない。

桔梗屋には小店の旦那ふうの男や大工らしい男などが何人か出入りしたが、銀蔵は姿を見せなかった。

銀蔵は尾行に気付いて裏口から出たのかもしれない、という思いが三太郎の脳裏をよぎり、しだいに焦ってきた。

そのとき、桔梗屋の格子戸があいて、男がふたり出てきた。銀蔵か、と思ったが、そうではなかった。黒の半纏《はんてん》を羽織った大工らしい男である。

ふたりの男は下卑《げび》た笑い声を上げながら、三太郎のひそんでいる石段のそばに千鳥足で近付いてきた。

三太郎は店のなかの様子を訊いてみようと思い、立ち上がって石段を上がった。

「だ、だれでえ！」

小柄な男が、ひき攣《つ》ったような声を上げた。その場につっ立った体が凍りついたように固まっている。

岸辺から、ヌーと姿をあらわした三太郎が幽霊にでも見えたのかもしれない。突然、三太郎の青瓢箪のような顔が月光に照らされ、岸辺から浮き上がったのだから幽霊や怨霊の類に見えても不思議はない。

「さ、三太郎ともうしやす」

三太郎が肩を落とし、震えながらか細い声で言った。

また、その声がいかにも哀れで恨みのこもったようなひびきがあった。

「し、知らねえ。おれは、三太郎なんて男は知らねえ。祟《たた》るなら、他の男にしてくれ」

ふたりの男の顔も、紙のように蒼ざめている。

「祟るなんて、あっしは、ただ訊きてえことがあるだけなんで」

三太郎は石段から上がって通りへ出てきた。

「お、おめえ、生きてるのか」

もうひとり、背のひょろりとした男が声を震わせながら訊いた。三太郎の足のあたりを食い入るように見ている。

「生きてますよ。足も、ちゃんとついてますぜ」

そう言って、三太郎は着物をめくって両脛を出した。

「脅かすない。やみくもに、暗闇から出てきやァがって」

ひょろりとした男が急に声を荒立てた。恐怖が消えて、元気が出てきたようである。

「すまねえ。ちょいとわけがありやしてね」

三太郎は首をすくめるように頭を下げた。

「そのわけってえなァなんでえ？」

「へい、おふたりが出てきた桔梗屋のことで」

「桔梗屋がどうしたい」

「いえ、てえしたことじゃァねえんだが、ちょいと前に、あっしがむかし世話になった旦那が店に入って行くのを見やしてね」

三太郎は適当に言いつくろった。

「なんてえ名だい？」

「銀蔵さんといいやす」

三太郎は銀蔵の名を出した。

「銀蔵だと、知らねえなァ」

ひょろりとした男は、脇に立っている小柄な男を振り返った。小柄な男も知らないらしく首をかしげている。

「店にいませんでしたかい。恰幅のいい、大店の旦那ふうの方なんですが」

「いねえよ。店で飲んでたのは、おれたちふたりと建具職人、それに米屋の親父だ。どいつも、大店の旦那ふうにゃァ見えねえよ」

「そいつは、おかしい。たしかに店に入るのを見たんですが」

「そんな男はいなかったよ」

小柄な男がつっぱねるように言った。

「赤ら顔で眉が濃く、鼻の大きい方なんですがね」

三太郎は又八や源九郎から聞いていた銀蔵の人相を口にした。

「その男なら、桔梗屋で見かけたことがあるぜ」

ひょろりとした男が言った。

「いましたか？」

「今夜じゃァねえ。前《めえ》に、何度か見かけたことがあるんだよ」

「そうですかい」

どうやら、銀蔵は店に入ってすぐ裏口から出たか、それとも店の奥に座敷でもあって、そこにいるかである。

「桔梗屋さんには、奥にも座敷はあるんですかい」

「ねえよ」

小柄な男が即答した。

ふたりはゆっくりした歩調で歩きだした。立ち話が長くなったと思ったらしい。

三太郎はふたりの後についていてそれとなく訊くと、桔梗屋はちいさな店で土間のつづきに衝立《ついたて》で区切られた座敷があるだけだという。店の奥には板場と住んでいる女将の寝間があるそうである。

となると、銀蔵は板場にある裏口から出たのであろう。それも、ふたりが店に入る前なので、銀蔵は店に腰を落ち着けることなく裏口から出たとみていい。

……おれを撒《ま》いたのか。

銀蔵は尾行者に気付き、この店を使って撒いたのであろう。

「ヘッヘへ……。女将さんは、いい女なんでしょうね」

銀蔵は女将の情夫《いろ》かもしれない、と三太郎は思った。

「色っぽい年増《としま》だよ」

ひょろりとした男が言った。

「なんてえ名です？」

「お滝《たき》さんだよ。……おめえ、やけにひつっこいな。いってえ、何が訊きてえんだ」

ひょろりとした男の声に苛立《いらだ》ったひびきがくわわった。いつまでも、まとわりついて根掘り葉掘り訊く、三太郎に不審を持ったようだ。

「いいえ、いい店なら、あっしも一度覗いてみようかと思いやしてね」

そう言って、三太郎は足をとめた。これ以上訊くと、襤褸《ぼろ》が出ると思ったのである。

「そうしな。……だがよ、お滝さんに手を出しても無駄だぜ。情夫《いろ》がいるってえ噂だからよ」

ひょろりとした男が大声で言い、ふたりは腰をふらつかせながら遠ざかっていった。

三太郎は路傍に立ってふたりの姿が夜陰に消えるのを見ていたが、何か思い出したように踵を返し、せかせかと歩きだした。

……腹がへったァ。

ともかく、長屋にもどって女房のおせつにめしを食わせてもらおうと思った。

五

源九郎と茂次は、神田川沿いの道を筋違御門の方へむかって歩いていた。昨夜遅く、源九郎は茂次から、尾行した大柄な武士が安井半兵衛であり、下谷長者町に住んでいることを聞いた。

「道場なのか」

源九郎は念を押すように訊いた。

「道場にはちがいねえが、あっしのみたところ、門をしめたまま久しく稽古はしてねえようですぜ」

茂次は、古い建物の様子を話した。

「独り暮らしなのか」

「そのようで」

「うむ……」

源九郎は安井と出会い、佐賀町の福田屋で飲んだときのことを思い出した。御家人ふうの格好はしていたが、内証《ないしょ》はいいように見えた。そのとき、本郷の方に道場をひらいたと言っていたが、どうやら場所を秘匿《ひとく》するためにでたらめを口にしたらしい。

ただ、茂次の言うとおりなら、道場はとじたままなので、暮らしの糧は門弟たちの束脩《そくしゅう》ではないはずだ。

……おそらく、銀蔵の悪事に荷担し、そこから得た金で暮らしているのであろう。

源九郎は、安井が、おぬしに、その気があれば、その腕を生かす仕事もあると口にしたのを思い出した。

あれは、自分たちの仲間にならぬかとの誘いだったのだ。

源九郎は二十余年の時の流れを思った。胸のつまるような悲哀と寂寥《せきりよう》が湧いてきた。

源九郎も安井も時に流され、若いころは思いもしなかった修羅の地に流れ着いていたのだ。立身を夢見て修行した剣も、いまは金を稼ぐためであり、人を殺すためでしかない。

茂次が路傍に足をとめた。源九郎があれこれ思いをめぐらせて歩いているうちに、下谷長者町まで来ていた。

「旦那、あれが道場ですぜ」

茂次が指差した。

なるほど、古い家である。すでに朽ちかけて、家全体が傾きかけていた。古い商家の倉庫のような建物に大工を入れ、周囲を板壁にして道場らしく改装したように見えた。おそらく、安井は士学館をやめた後、ここに道場をひらいたのであろう。

「ひっそりしてやすね」

茂次が小声で言った。

「安井はいるのかな」

「いると思いやすぜ」

茂次によると、安井は昨夜もどってから、まだ家を出てないだろうという。

「近所で、様子を訊いてみるか」

源九郎は、この道場も仲間の溜まり場になっているのではないかという気がした。

「そうしやしょう」

ふたりは、表通りへ出た。

四ツ（午前十時）ごろだった。通りには人通りがあった。夏の陽射しが町筋を照らし、乾いた地面が白くかがやいていた。行き交う人々が、くっきりとした影を曳《ひ》いている。

陽射しは強かったが、それほど暑くはなかった。大気のなかに秋の訪れを感じさせる涼気があったからである。

「別々に、話を聞こう」

ふたり雁首をそろえて聞きまわることはないのである。

一刻（二時間）ほど経ったら、そば屋でめしを食うことにし、ふたりはその場で分かれた。

源九郎は表店を二軒まわったが、これといった話は聞けなかった。近所の住人も、安井のことはあまり知らないようである。それでも、三軒目の酒屋の親父が、何度か道場に酒を運んだことがあるらしく、安井のことをよく知っていた。

「安井さまが、ここに越してきてから、十七、八年経ちますかね」

五十がらみの親父は目を細めて、むかしを思い出すような表情を浮かべた。

親父によると、道場をひらいた当初は十数人の門弟がいたが、歳月とともに減り、七、八年前から道場はしめたままで稽古もやらなくなったという。

「何をして暮らしていたのだ」

安井は小身の旗本の冷や飯食いだったはずである。家からの合力もあって、独立して道場を建てたのだろうが、そういつまでも援助がつづくとも思えなかった。

「道場の門をしめてから、暮らしには困ったようですよ」

安井は襤褸を身にまとい、食うために河岸の荷揚げや普請場の人足までした。

そうした窮乏のため、妻をもらうこともできなかったらしいという。

「ところが、三年ほど前から急に金まわりがよくなりましてね。ちかごろは、旗本と見まがうような格好をして歩いてますよ」

親父の口元にかすかに揶揄《やゆ》するような笑いが浮いた。

「そうか」

源九郎は、いま安井が何をしているか訊かなかった。訊かなくとも、銀蔵の悪事の片棒をかついで金を手にしていることは分かった。

おそらく、安井は飢え死にしそうな困窮から逃れるために、銀蔵の仲間にくわわったのであろう。

安井は、おぬしにその気があれば、その腕を生かす仕事もある、と言って源九郎を誘ったが、源九郎のみすぼらしい身装《みなり》を見て、自分の過去と重ねてみたのかもしれない。若いころ同門だった源九郎を、惨めな暮らしから救ってやりたい気持もあったのだろう。

「邪魔したな」

源九郎は親父に礼を言って店を出た。

まだ、約束の一刻（二時間）は経っていなかったが、源九郎はそば屋の暖簾をくぐった。腹もへったし、これ以上聞き込みをつづける気力もなくなったのだ。

追い込みの座敷に上がっていっとき待つと、茂次が顔を出した。注文を訊きにきた親父に、そばと酒を頼んでから、

「それで、何か聞けたか」

と、源九郎が切りだした。

「へい、だいぶ様子が知れてきやした」

そう言ったが、茂次の話した多くは、源九郎が酒屋の親父から聞いたことと変わりなかった。

「どうやら、道場はずっと前につぶれたようですぜ」

茂次がそう言い添えた。

「そのようだな」

「ですが、いまでも門弟らしい侍が、ときおり道場に集まっているようなんで」

「仲間か」

石丸と池井であろう、と源九郎は思った。ふたりは、安井の道場に通っていた門弟だったのかもしれない。

「道場の師匠が金貸し銀蔵とつるんでるとは、町方も思わなかったでしょうよ」

「うむ……」

茂次の言うとおりだった。

それが、銀蔵の狡猾《こうかつ》なところなのだ。やくざや地まわり、無宿者などを手下にすれば、町方の探索にひっかかり、やがては自分にまで町方の手がおよぶ。そこで、町方が疑ってもみない武家の道場主をひそかに仲間にくわえ、町方の探索から逃れていたのだ。

そうは言っても、いつでも自分の指示どおり動く手下も必要だったので、小助と用心棒役の倉田だけは身辺に置いたのであろう。

茂次と源九郎が聞き込んだことをそれぞれ話し終えたとき、親父がそばと酒を運んできた。

ふたりは酒を一本だけ飲み、そばをたぐって腹ごしらえをした。その日は、そのまま長屋にもどり、これまで調べたことを菅井と孫六に話した。三太郎は長屋にいなかった。銀蔵の住処を探ると言って、午後から長屋を出ているという。

「これで、敵の正体が見えたな」

話を聞き終えた菅井がそう言ったが、顔には屈託の翳《かげ》があった。安井が源九郎と同門だったと聞いて、複雑だったのであろう。

六

足元から、石垣を打つ大川の波音が聞こえていた。黒くうねる川面が月光を反《は》射《ね》て、白銀をちりばめたようにかがやいている。

三太郎は深川熊井町の大川端にいた。斜向かいに桔梗屋が見える石段の陰である。半刻（一時間）ほど前から、三太郎はここに来て桔梗屋の店先を見張っていたのだ。

……銀蔵は、かならずこの店にあらわれる。

と、三太郎はみていた。

桔梗屋の女将のお滝は、銀蔵の情婦らしい。銀蔵が情夫ならば、店に姿をあらわすはずだと睨《にら》んだのである。

三太郎は、源九郎をはじめ四人の仲間が、又八を守り、おみよに安心して赤子を産んでもらおうと自分の仕事をさしおいて、探索に動きまわっているのを知っていた。三太郎は分け前を等分にもらった手前もあり、自分だけ何もしないでいるのは気が引けたのである。

だが、半刻（一時間）も、石段の陰にかがんでいると、飽きてきた。いつ来るか知れない相手を待っているのは、結構辛いものなのだ。

三太郎は立ち上がって伸びをしたり、足元の小石を拾って川面に投げたりして気をまぎらわせながら待っていた。

それから小半刻（三十分）ほどし、今夜のところはあきらめようかと思い始めたとき、足音がし、通りの先に人影があらわれた。

だが、月光に浮かび上がった姿は銀蔵のものではなかった。中背で、細身だった。着物を尻《しり》っ端《ぱしょ》折りし、股引に草履《ぞうり》履きだった。職人ふうの格好である。

……あいつ、小助だぞ！

顔は見えなかったが、大川端で見た小助の姿にそっくりだった。

小助は桔梗屋の戸口の前で立ちどまり、尾けている者はいないか確認するように通りの左右に目をやってから格子戸をあけた。

三太郎が石段の陰から首を伸ばして桔梗屋の店先に目をやっていると、また足音が聞こえてきた。振り返ると、通りの先に人影がある。

……銀蔵だ！

その大柄な体の輪郭に見覚えがあった。本所石原町から跡を尾けてきた銀蔵にまちがいない。

銀蔵は桔梗屋に近付いてきた。そして、戸口に立つと通りの左右に目をくばってから格子戸をあけて店に入った。

……やっと、親分のお出ましだぜ。

銀蔵は小助に何か用があって桔梗屋に呼んだのだろう。ときおり、桔梗屋は一味の密会場所に使われるのかもしれない。

三太郎は石段に腰を下ろした。ともかく、銀蔵と小助が店から出てくるのを待つより手はないのである。

夜はしだいに更けていく。大川端の通りは、ときおり飄客《ひょうかく》や夜鷹と思われる女が通ったりしたが、ひっそりとしていた。汀《みぎわ》に打ち寄せる波音が、単調なひびきを伝えている。

銀蔵と小助が店に入ってから一刻（二時間）ほどしたとき、格子戸があき、話し声が聞こえた。

身を乗り出して見ると、銀蔵と小助、それにお滝らしい年増が戸口に立っていた。お滝が、ふたりを見送りに出たようだ。そのとき、銀蔵と小助が笑い声を上げた。お滝。銀蔵がお滝の耳元で何か冗談を言ったらしい。

「……旦那ったら、はずかしいじゃァないですか」

お滝が甲高い声で言って、銀蔵の肩先をたたいた。銀蔵が何か卑猥《ひわい》なことでも口にしたのだろう。

「……お滝、またくるぜ」

そう言い置いて、銀蔵と小助が夜陰のなかへ歩き出した。月光がふたりの姿を照らし出している。

お滝は戸口に立って去っていくふたりの後ろ姿を見送っていたが、その姿が遠ざかると、踵を返して店へもどった。

三太郎は足音を忍ばせて石段から通りへ出た。

前を行くふたりは、大川の川下の方へ歩いていく。町筋は夜の帳《とばり》のなかに沈み、表店から洩《も》れてくる灯《ひ》もなく、ひっそりと寝静まっていた。三太郎は軒下闇や物陰をたどりながらふたりの跡を尾けていく。

ふたりは掘割にかかる小橋を渡ったところで、足をとめた。そこは中島町《なかじまちょう》である。ふたりは何やら言葉を交わし、その場で分かれた。銀蔵は左手にまがり、掘割沿いの道を歩きだした。一方、小助はまっすぐ川下の方へ歩いていく。

三太郎は銀蔵の跡を尾けた。ともかく、頭格である銀蔵の住処をつかみたかったのである。

銀蔵は小助から分かれ、二町ほど歩くと、生け垣をめぐらせた妾宅ふうの家の枝折《しお》り戸を押して敷地内に入っていった。だれか起きているらしく、障子に灯が映っている。

三太郎が枝折り戸のところに立って耳を澄ますと、かすかに女の声が聞こえた。何をしゃべったか聞き取れなかったが、艶《なま》めいたひびきがある。

……ここが、やつの塒にちげえねえ。

三太郎の目がひかった。やっと、銀蔵の塒をつかんだのである。

翌日、三太郎は出直し、近所の酒屋や米屋などをまわって生け垣をめぐらせた家のことを聞いてみた。その結果、家にはお松《まつ》という色っぽい年増が住んでおり、ときどき利根蔵《とねぞう》という旦那が訪ねてくるという。

……偽名だな。

と、三太郎は思った。銀蔵が、自分の名を遣うはずはないのである。お松は銀蔵の妾《めかけ》にちがいない。

翌朝、三太郎は銀蔵の住処をつかんだことを源九郎たちに伝えた。

「三太郎、お手柄だぜ」

孫六が声を上げた。

源九郎、菅井、茂次も褒《ほ》めたので、三太郎はもじもじしながら、

「それほどでもねえや」

と言って、へちまのような顔を赤くして照れた。三太郎は嬉しかった。やっと、他の四人と同じように自分の役割が果たせたのである。

七

「さて、どうするかな」

そう言って、源九郎は集まった四人に視線をめぐらせた。

源九郎の部屋に、孫六、菅井、茂次、三太郎が顔をそろえていた。五ツ（午後八時）ごろだった。部屋の隅に行灯が点り、男たちの膝先には酒の入った湯飲みが置かれていた。

三太郎が、銀蔵の住処をつかんできた四日後である。その後、三太郎と茂次で、銀蔵の妾宅を見張り、あらわれた小助の跡を尾けて、小助の塒もつかむことができた。小助は銀蔵の妾宅から数町しか離れていない同じ中島町の借家に住んでいた。これにより、石丸と池井を除き銀蔵一味四人の住処がすべて分かったの

である。

「早く、何とかしてえ」

　孫六が身を乗り出すようにして言った。めずらしく、孫六は飲んでいなかった。話がつくまで、飲む気になれないのかもしれない。他の四人も、口をうるおす程度で、ほとんど湯飲みを手にしなかった。

孫六によると、このところ菅井や源九郎の都合のつかない日もあって、又八は仕事に出られないことが多いという。それに、銀蔵たちの襲撃を恐れて、おみよも落ち着かないそうだ。

「長屋の者にも、もうしわけねえんだ」

孫六が目をしばたたかせながら言った。

長屋の住人も口には出さないが、銀蔵たちの仕返しを恐れて、外に働きに出ている者は暗くならないうちに帰るようにしているし、女子供は陽が沈むと長屋から出ないようにしているという。

「わしも、そのことは知っている」

源九郎も、お熊やおまつなどから長屋の様子を聞いていた。長屋の者は一度襲撃され、そのおり、小助が、長屋に火を点《つ》け、皆殺しにしてやると叫んだ言葉が、耳に残っているようなのだ。

元来、長屋の住人は臆病なのである。

「華町、なにもむこうが襲ってくるのを待つことはないぞ。きゃつらの塒はつかんでいるのだからな」

菅井が言うと、

「華町の旦那、やりやしょう」

と、茂次が声を上げた。

「だが、銀蔵一味を一気に始末するのは、むずかしいぞ」

銀蔵、倉田、小助、それに安井はそれぞれ別の住居で暮らしているのだ。ここにいる五人で仕掛けても、一気に始末することはできないだろう。ひとりずつ別に襲うだろう手もあるが、源九郎たちが仕掛けたことを知れば、残った者たちで長屋を襲うだろうし、それこそ放火もやりかねない。

「栄造の手を借りたらどうですかね」

孫六が言った。

「うむ……」

　それでも、むずかしいと思った。銀蔵一味には、倉田のほかに安井、石丸、池井の手練《てだれ》がいる。村上が町方を指図することになるだろうが、安井、石丸、池井の捕縛には二の足を踏むはずだ。大勢の捕方が必要だし、犠牲者もすくなからず出るからである。

「だが、このまま手をこまねいて見ている手はないぞ」

　菅井が渋い顔で言った。

　菅井の言うとおりだった。銀蔵一味の住処が分かった以上、源九郎たちが攻撃に出る番なのだ。

「まず、銀蔵たちを始末しよう」

　源九郎が強いひびきのある声で言った。

　銀蔵、倉田、小助の三人を同時に襲い、捕縛するなり、斬るなりするのである。そして、翌日にも、安井たちと決着をつけるのだ。

　源九郎には、安井、石丸、池井の三人だけで、長屋を襲うことはないし、火を放つようなあくどい真似をするとは思えなかったのだ。

「それで、栄造はどうしやす？」

　孫六が訊いた。

「むろん、栄造の手も借りる」

源九郎は、銀蔵たちを斬るつもりはなかった。相模屋と松村屋の番頭を殺して金を奪った罪で町方に捕らえさせ、処断してもらえばいいのである。ただ、倉田だけは、源九郎と菅井で相手をするつもりだった。倉田は剣鬼である。町方が捕らえようとすれば、抵抗して大勢の犠牲者が出るだろう。うまく、生け捕りにできればいいが、それが無理な場合は斬ることになる。

「いつ、やる」

菅井が目をひからせて訊いた。

「明後日の夕方」

源九郎は早い方がいいと思ったが、栄造が村上に伝えて捕方を手配する時間も必要だろう。

それから、源九郎たちは明後日の作戦を練り、ひととおり話が済んだところで、

「それでは、わしらの勝利を祈願して飲もうではないか」

源九郎が湯飲みをかざした。

「オオッ」

と菅井が応え、すぐに孫六、茂次、三太郎も湯飲みを手にした。

ただ、一杯だけだった。五人とも、明日からのことが気になって酔うほどは飲めなかったのである。

第六章　剣鬼たち

一

村上彦四郎が小者の伊与吉《いよきち》を連れて、足早に近付いてきた。いつものように仏頂面をしている。

南町奉行所のある数寄屋橋御門の前だった。源九郎は外堀のそばに立ち、村上が出てくるのを待っていたのだ。

源九郎たち長屋の五人が集まって、銀蔵たちを捕らえる相談をした翌日だった。今朝、孫六は暗いうちに起き出して、諏訪町へむかい、栄造にことの次第を話したのだ。

栄造はすぐに動いた。栄造は市中の巡視に出かける村上をつかまえ、銀蔵たちの捕縛を進言したのである。

「その前に、華町に会ってくわしく聞きてえ」

慎重な村上はそう言って、源九郎と会えるよう栄造に手配させたのである。

村上は源九郎に近付くと、ニコリともせず、

「歩きながら話そう」

と言って、外堀沿いの道を京橋の方へ歩きだした。源九郎は黙って跟《つ》いていく。

「栄造から、あらかた話は聞いたぜ」

村上が切り出した。

伊与吉は気を利かせて、ふたりから間をとって従っている。

「それで、銀蔵が相模屋と松村屋の番頭を殺して金を奪った証《あかし》はあるのかい」

「斬ったのは倉田で、手引きしたのが小助だろう」

推測だが、まちがいないと思った。

「捕らえてから、人ちがいだったじゃァすまねえんだぜ」

村上が苦虫を嚙み潰したような顔で言った。

村上は自分が捕縛する場合、ことのほか慎重になるのだ。

「岡っ引きの猪之助は、松村屋と相模屋を探っていて殺されたのではないのか」

「だからと言って、銀蔵たちの仕業とは決めつけられねえ」

「銀蔵が法外な高利で相模屋と松村屋に金を貸し付けたのは、まちがいないのだ。わしが証人になってやってもいい」

「法外な高利な。……それだけじゃァ敲《たたき》もむずかしいぜ」

「ただ、銀蔵が白を切っても、倉田と小助から落とせるだろう。ふたりを追及するための証はいくつもあるからな」

源九郎は、倉田たちが長屋を襲撃したことや源九郎たちが松村屋から帰るときも集団で待ち伏せしていたことを話した。しかも、松村屋からの帰りのときは、栄造をはじめふたりの岡っ引きも助太刀に入っている。

「大勢の者が、倉田と小助の顔は見ているのだ」

源九郎は安井たちの名は出さなかった。安井たちも倉田たちといっしょに目撃されているので、倉田たちを詮議《せんぎ》すれば仲間であることはすぐに分かるはずだが、いまは口にしたくなかったのだ。

「銀蔵と倉田たちをつなげるものは」

村上が足をとめて源九郎を見つめた。やり手の八丁堀同心らしい鋭い目をしている。

「ひとつだけ確かな証がある」

「なんだ？」

「長屋の又八だ」

「又八がどうした」

「見ているのだ、銀蔵が倉田といっしょにいるのをな。しかも、そのとき銀蔵は倉田に、こいつを斬れ、と命じ、倉田は又八に斬りかかったのだ」

「ほう」

村上の目がひかった。

「銀蔵も、又八の口を封じなければ、自分の正体がばれることを知っている。だからこそ、執拗《しつよう》に又八の命を狙い、長屋を襲撃までしたのだ。……銀蔵が捕らえられれば、又八がそのことを証言するだろう」

「分かった。銀蔵たちを捕ろう」

村上が重いひびきのある声で言った。やっと、腹を固めたようである。

源九郎と村上は京橋を過ぎ、八丁堀川沿いの道を八丁堀にむかっていた。陽は家並のむこうに沈みかけていたが、通りを淡い陽がつつんでいる。道行く人が、すれちがいながら村上と源九郎に好奇の目をむけて通り過ぎていく。八丁堀同心と貧乏牢人の組み合わせが、奇異に見えるのかもしれない。

ふたりは、ゆっくりとした歩調で歩きながら、明日の捕物について話した。

「それで、おぬしたちは何をする？」

村上は倉田の捕縛に手を貸して欲しいようだが、そのことは口にしなかった。

「わしらには剣客としての意地がある。できれば、倉田の捕物にくわえてもらいたいのだがな」

源九郎は村上の顔をつぶさぬように、そう言った。銀蔵と小助は町方の手で捕らえられるだろうが、倉田には手を焼くはずだった。下手をすると逃げられる恐れもある。

「剣客としての意地があるなら、やむをえんな」

村上はもっともらしい顔をして言った。

「手にあまったら斬るかもしれんぞ」

「それも、やむをえん」

村上は八丁堀川の川面に目をやったまま言った。

いっとき、ふたりは口をつぐんだまま歩いていたが、村上が何か思い出したよ

うに源九郎の方に顔をむけ、

「ところで、銀蔵の他の仲間は何人いるのだ」

と、訊いた。やはり、村上も、銀蔵の仲間は倉田と小助だけではないことを知っているようだ。

「三人」

源九郎は、訊《き》かれた以上隠すことはできないと思った。

「名は」

「安井半兵衛、それに石丸と池井」

「何者なのだ」

「安井は道場主だ」

石丸と池井は、門弟らしいことを付け加えた。

「道場主だと」

村上が驚いたような顔をして聞き返した。

「そうだ。……明日、銀蔵たちを捕縛し、明後日に安井たちを捕らえたらどうかな」

「うむ」

村上の顔に困惑の表情が浮いた。

「ただし、三人とも手練《てだれ》だ。大勢の捕方をくりだしても、捕らえられるかどうか分からぬな。下手をすると、死人の山を築くかもしれんぞ」

「それは困る」

村上は苦渋に顔をゆがめた。

「それに、縄をかけるのはまず無理だ。安井たちは逃げられぬと知れば、その場で腹を切るだろう」

「それでは、捕方をさしむける意味がない。死人の山を築かれた上に下手人に腹を切られたのでは、おれの立場がないからな」

「そういうことなら、安井たち三人はわしらにまかせてくれんかな」

「逃がすつもりではあるまいな」

「逃がしはせぬ」

「どうするつもりだ？」

「これも、剣客の意地だ」

源九郎が村上を見すえて言った。その双眸《そうぼう》には、剣客らしい鋭さがあった。

源九郎は、若いころ同じ道場で修行した者として、剣の立ち合いで始末をつけたかったのだ。それに、源九郎には、ひとりの剣客として籠手《こて》斬り半兵衛と勝負したい気持もあった。

「剣客の意地では、やむをえんな」

村上は渋い顔をして同じことをつぶやいた。

二

その日、曇天だった。厚い雲が空をおおっている。

源九郎と菅井は八ツ半（午後三時）ごろ、はぐれ長屋を出た。すでに、孫六、茂次、三太郎の三人は一刻（二時間）ほど前に、長屋を出ている。

孫六と茂次は栄造とともに、村上の捕方にくわわる手筈になっていた。捕方といっても、孫六と茂次は銀蔵と小助の住処に村上たちを案内するだけである。村上の集めた捕方は二手に分かれ、同じころに銀蔵と小助の住処を襲うことになっていた。

一方、三太郎は黒江町に行っていた。倉田の住む竹五郎長屋を見張るためである。

源九郎と菅井は、大川端を川下にむかって歩いていた。

「華町、倉田はおれにまかせてくれんか」

菅井が低い声で言った。

「なぜだ」

「いや、安井はおまえにまかせたいのでな。倉田とやらねば、おれの出番がなくなる」

菅井は当然のことのように言った。菅井は、源九郎が安井と立ち合うつもりでいることを知っているのだ。

「分かった。倉田はおぬしにまかせよう」

源九郎は倉田と二度切っ先を合わせていた。菅井の腕なら、倉田に後れをとるようなことはないだろうと踏んだのだ。

ただ、居合では、斬らずに峰打ちにするのはむずかしいだろう。菅井にまかせる以上、倉田を斬ることになるだろうが、源九郎は仕方がないと思った。

三太郎は黒江町の掘割のそばにいた。以前、源九郎が孫六とともに竹五郎長屋につづく路地木戸を見張っていた板塀の陰である。

三太郎は近付いてくる源九郎と菅井の姿を目にすると、

「旦那ァ」

と、声を上げて、近寄ってきた。

「どうだ、倉田はいるか」

源九郎が訊いた。

「おりやす。ちょいと、長屋を覗いてきやしたんで」

三太郎によると、路地木戸を入ったところに井戸があり、そこへ水汲みにきた女房にそれとなく訊くと、

「あの人は、表の障子をあけっぴろげて寝てたよ」

と、顔をしかめて答えたそうである。

その後、三太郎はこの場で見張っているが、倉田は出てこないという。

「どうするな。長屋に踏み込むか」

源九郎が訊いた。

「騒ぎを起こしたくないな」

菅井が渋い顔をした。

長屋で斬り合いになれば、長屋中が大騒ぎになるだろう。状況によっては、長屋の住人が巻き添えを食うかもしれない。

「しばらく待つか」

まだ、暮れ六ツ（午後六時）前のはずだが、空が厚い雲でおおわれているせいか、辺りは夕暮れ時のように薄暗かった。

そのうち、倉田は夕餉《ゆうげ》のめしでも食いに出るのではないか、と源九郎は思ったのだ。

板塀の陰でいっとき待つと、どこかの寺で打つ暮れ六ツの鐘の音が聞こえた。辺りが寂しくなってきた。掘割沿いの通りの表店は店仕舞いをし、人影も見られない。

「だれか、出てきやす！」

三太郎が声を殺して言った。

淡い夕闇につつまれた路地木戸に総髪の牢人が姿をあらわした。倉田である。

倉田は懐手をして、ゆっくりとした足取りでこちらに歩いてくる。近くの店に、めしでも食いに行くのかもしれない。

「行くぞ」

菅井が板塀の陰から通りへ出た。

源九郎と三太郎は、まだ動かなかった。源九郎は状況を見て、通りへ出ようと思ったのである。

倉田は菅井の姿を目にして驚いたような顔をして立ちどまったが、逃げるような素振りは見せなかった。

「ひとりか」

倉田がくぐもった声で訊いた。

「おぬしと立ち合うのは、おれひとりだ」

「いい度胸だな」

言いざま、倉田は抜刀した。

菅井は左手で刀の鯉口を切り、右手を柄に添えた。

倉田との間合は三間の余。そこは掘割沿いの通りで、足場も悪くない。

倉田は下段に構えた。切っ先が地面に付くほど刀身を下げている。倉田はこの構えから、腹部を突いてきたり、逆袈裟《ぎゃくげさ》に斬り上げたりするのだ。

対する菅井は居合腰に沈め、敵との間合を読んでいた。居合は抜刀の迅《はや》さと敵との正確な間積もりが命なのである。

倉田が足裏をするようにして間合をつめてきた。菅井もすこしずつ身を寄せていく。ふたりの間合が狭まっていくにつれ、剣気が高まり、痺《しび》れるような剣の磁場がふたりをつつみ込んだ。

斬撃の間境の手前でふたりは寄り身をとめた。ふたりは微動だにしない。だが、お互いが敵の構えをくずそうとして激しい気魄《きはく》で攻めているのだ。

いっときが過ぎた。時のとまったような静寂と緊張がふたりをつつんでいる。

潮合だった。

フッ、と倉田の切っ先が浮いた。

刹那、稲妻のような剣気が疾《はし》った。次の瞬間、倉田の体が躍り、下段から切っ先が槍の穂先のようにくり出された。突きである。

間髪を入れず、菅井が抜きつけた。左手に跳びながら、鋭く倉田の鍔元《つばもと》へ斬り込んだのである。迅雷のような一刀だった。

倉田の切っ先が菅井の着物の脇腹を刺しつらぬき、菅井のそれは倉田の右手を斬り落としていた。

一瞬一合の勝負だった。

二筋の刃光が夕闇を裂き、ふたりの体が躍ったが、見ている者にふたりの太刀筋は見えなかっただろう。そのくらい迅かった。

ギャッ、という絶叫を上げ、倉田は前によろめいた。截断《せつだん》された腕から赤い筋になって血が流れ落ちている。

一方、菅井は着物を裂かれただけで、無傷だった。倉田の突きの太刀筋を見切り、体《たい》をかわしたからである。

倉田はその場につっ立ったまま、獣の咆哮《ほうこう》のような呻《うめ》き声を上げた。総髪が乱れ、双眸が狂気をおびたようにつり上がっている。

「とどめを刺せい！」

倉田が絶叫した。

だが、菅井は刀を鞘に納めていた。すでに、勝負は決したのである。

「倉田、血をとめれば助かる。腕をかせ」

源九郎が倉田に近付いた。右腕を強く縛り、出血をとめれば命は助かるだろう。

「寄るな！」

叫びざま、倉田は足元に落ちていた刀を左手でつかみ、首筋に当てて引き斬った。刀を取り落とすのと、首筋から音をたてて血が噴出するのとが同時だった。血管《ちくだ》を斬ったのである。

倉田は血を驟雨《しゆうう》のように散らせながら転倒した。倉田は血海のなかで四肢を痙《けい》攣《れん》させていたが、やがて動かなくなった。

「生きていても、死罪はまぬがれぬからな」

源九郎が、倉田の死体に目を落としながらつぶやいた。その顔を哀惜の翳《かげ》がおおっている。


そのころ、村上に指揮された捕方の一隊が、中島町の銀蔵の妾宅に踏み込んでいた。一隊といっても、村上に仕えている小者、中間、それに岡っ引きと下っ引きが十人ほどだった。相手は銀蔵ひとりだったので、それで十分だったのである。

「銀蔵はいるな」

村上が戸口に出てきたお松に言った。有無を言わせぬ強い口調である。

「う、うちの旦那は、利根造ですけど」

お松が紙のように蒼ざめた顔で言った。村上は黄八丈《きはちじょう》を着流し、絽羽織《ろばおり》の裾を帯にはさんだ八丁堀ふうの格好をしていたので、すぐにそれと知れたのだ。

「なら、利根造を呼びな」

村上は銀蔵が利根造と名乗っていることを孫六から聞いていた。

お松は慌てた様子で奥へひっ込んだが、すぐに大柄で眉の濃い男を連れてもどってきた。小紋の着物を着流したくつろいだ格好だが、まちがいなく銀蔵である。

「八丁堀の旦那、何か御用でございましょうか」

銀蔵は満面に愛想笑いを浮かべながら言った。臆した様子はなかったが、村上にむけられた目は笑っていなかった。

「すまねえが、大番屋まで来てくんな」

村上がそう言うと、銀蔵の顔色が変わった。大番屋は自身番屋とちがって仮牢もある容疑者を取り調べる場所である。

「ど、どういうことです」

銀蔵の声が震えた。

「話を聞きてえのさ」

「旦那、これは何かのまちがいです。てまえは、お上の手をわずらわせるようなことはいっさいしておりません」

銀蔵は訴えるような口調で言った。

「申し開きがあれば、詮議のおりに言うといいぜ」

村上は、捕れ、と言うふうにかたわらにいた岡っ引きに顎をしゃくった。

銀蔵は抵抗しなかった。赤ら顔をこわばらせ、低い唸《うな》り声を洩《も》らしただけである。銀蔵の胸の底には、言い逃れできる、との読みがあったのかもしれない。

村上が銀蔵の妾宅に足を踏み入れたころ、同じ中島町にある小助の借家にも捕方が踏み込んでいた。

捕方は七人いた。栄造と下っ引きの茂太、それに他の岡っ引きたちである。捕方を動かしていたのは、村上から指示された栄造である。

小助は抵抗した。匕首《あいくち》を抜いて捕方に斬りかかったが、数人の捕方に取りかこまれ、十手で匕首をたたき落とされて早縄をかけられた。

縄を受けた小助は、妾宅にとどまっていた村上の許に連れていかれて引き渡された。そうする手筈になっていたのだ。

「ふたりをひったてろ！」

村上が声を上げた。

三

「華町、村上どのが来るぞ」

菅井が源九郎に身を寄せて言った。

振り返って見ると、村上が小者の伊与吉を連れて歩いてくる。ただ、身装《みなり》は八丁堀ふうではなかった。羽織袴姿で二刀を帯び、軽格の御家人のように見えた。八丁堀ふうでは人目を引くと思ったのだろう。

「わしらが、安井たちをどうするか、気になるのだろうよ」

源九郎が小声で言った。

菅井が倉田を斬った翌日だった。源九郎たちは安井と立ち合うため、下谷長者町へむかっていたのだ。

源九郎と菅井の背後に孫六が跟いてきていた。源九郎は来なくともいいと言ったのだが、孫六は、あっしだけ、のけ者にしねえでくだせえ、と言ってついて来たのだ。茂次と三太郎は朝から長者町へ行って、安井を見張っているはずである。

源九郎たちが長者町へ入り、表通りから細い路地へ踏み込んだとき、むこうから走ってくる茂次の姿が見えた。

「どうした？」

茂次が近付くのを待って、源九郎が訊いた。

「道場に、ふたりおりやすぜ」

茂次が息をはずませて言った。

「安井と、もうひとりはだれだ」

「石丸のようです」

茂次によると、半刻（一時間）ほど前、小柄な武士が道場を訪ねて来て、戸口に出迎えた安井が、石丸、と呼んだのだという。

「石丸もここで始末できれば、手間がはぶける」

源九郎は安井と立ち合った後、石丸と池井を探し出して始末をつける気でいたのだ。安井の門弟をたどれば、ふたりの住処も探せるだろうと踏んでいたのである。

道場をかこった板塀のそばまで来ると、板塀の隙間からなかを覗《のぞ》いていた三太郎が走り寄って来た。

「ふたりとも、いるか」

源九郎が訊いた。

「へい、ぼそぼそした声が聞こえやす」

三太郎が小声で言った。

「そうか。……菅井、石丸の相手をしてくれるか」

「いいだろう」

菅井は目をひからせてうなずいた。

源九郎と菅井は、道場の戸口に歩を寄せた。孫六、茂次、三太郎の三人は、板塀のところに立ってふたりの背を見つめている。

引き戸はあいた。土間のつづきが板敷きの道場になっている。長らく使ってないと見え、床板に埃が白く積もっていた。その道場の奥からくぐもったような男の声がしたが、引き戸をあける音を耳にしたらしく、声が聞こえなくなった。奥が座敷になっていて、そこにふたりはいるようだ。

「安井、いるか。華町源九郎だ」

源九郎が声をかけた。

いっとき、道場は静寂につつまれていた。安井たちは、逡巡《しゅんじゅん》しているようである。

だが、すぐに障子をあける音がし、道場の脇の引き戸があいて、ふたりの武士が姿を見せた。安井と石丸である。

安井は道場のなかほどまで来て、足をとめた。

「やはり、おぬしが来たか」

安井が源九郎を見すえて言った。重みのある静かな声である。顔はいくぶんこわばっていたが、落ち着いているように見えた。

「久し振りに籠手《こて》斬り半兵衛と、立ち合ってみたくなってな」

源九郎は、それしか言わなかった。安井はすべて察しているはずである。

「そうか。すまぬな」

安井は口元にかすかに微笑を浮かべた。

町方を呼んで下手人として捕縛するのでなく、最後までひとりの剣客として接しようとする源九郎の気持が分かったらしい。

「どうする、道場でやるか、それとも表に出るか」

源九郎が訊いた。むかしからの知己に話しかけるような穏やかな物言いだった。

「わしの道場でやりたい」

安井が言った。

「よかろう。相手をしよう」

源九郎は道場へ上がった。

つづいて菅井も上がり、石丸に、

「おぬしの相手はおれだが、ふたりの勝負の後だな」

と、強い口調で言った。

石丸は無言で、菅井を睨《にら》むように見すえただけである。

源九郎は手早く袴の股だちを取り、刀の下げ緒で両袖を絞ると、

「武器《えもの》は？」

と、安井に訊いた。

「真剣でいいだろう」

安井はこともなげに言った。木刀であろうと真剣であろうと、生死を賭けた戦いになることにちがいはなかった。

四

源九郎はおよそ三間の間合をとって安井と対峙した。菅井と石丸は道場の隅に端座し、源九郎と安井を見つめている。

安井はゆっくりとした動きで青眼に構えた。どっしりと腰が据わっている。腕が太く、胸が厚い。切っ先がピタリと源九郎の胸元につけられている。その大柄

な体軀《たいく》とあいまって、巌《いわお》のような威圧がある。

対する源九郎も青眼だった。源九郎の構えにも威圧があった。全身に気勢が満ち、切っ先に気魄がこもっている。

ふたりの趾《あしゆび》が道場の床板を這《は》うように動いている。道場内には凍りついたような静寂と緊張が張りつめ、ふたりの体が引き合うように動き、相青眼のままジリジリと間合がせばまっていく。

ふたりの動きがぴたりととまった。斬撃の間境の手前である。ふたりは全身に気勢を込め、痺れるような剣気を放射させていた。

数瞬が過ぎた。

ピクッ、と安井の剣尖《けんせん》が下がった刹那、切っ先がするどく前に伸びた。手元に突き込むような籠手斬りである。

一瞬、源九郎は手首をひねるようにして刀身を撥《は》ね上げ、安井の切っ先をはじいたが、わずかに遅れた。

右手の二の腕に疼痛《とうつう》がはしった。血の色がある。安井の切っ先が皮肉を裂いたのである。まさに、神速の籠手斬りである。

「みごとな、籠手だ」

だが、傷は浅かった。戦いに支障をきたすような深手ではない。咄嗟《とっさ》に、源九郎が切っ先をはじいたので、腕を斬り落とされずに済んだのである。

「よくぞ、かわした。だが、次はその腕を落とす」

安井はふたたび間合をせばめてきた。

対する源九郎は剣尖をやや下げて構えた。気を鎮《しず》め、安井の籠手斬りの起こりをとらえようとしたのだ。

……同じ手は食わぬ。

源九郎は、安井の籠手斬りの太刀筋を見ていた。その斬撃の起こりをとらえれば、勝機はあると察知したのである。

安井との間合がしだいに狭まってくる。安井の剣尖には気魄がこもり、そのまま喉元を突いてくるような威圧があった。

安井は斬撃の間境で寄り身をとめると、全身に気勢をみなぎらせて斬撃の気を見せた。源九郎の目に、安井の大柄な体軀が膨れ上がったように見え、押しつぶされるような威圧を感じた。

突如、安井の切っ先が、スーと前に伸びた。その一瞬、
ヤアッ！

という裂帛《れっぱく》の気合を発し、安井の体が躍った。

切っ先が槍の刺撃のように源九郎の手元に伸びてきた。突きと見せた籠手斬りである。

が、源九郎は安井の斬撃の起こりをとらえていた。

安井の切っ先を鍔ではじきざま、袈裟に斬り下ろした。一瞬の反応である。

ザクリ、と安井の肩口が裂け、一瞬、安井はその場に棒立ちになった。ひらいた傷口から血が迸《ほとばし》り出、見る間に安井の上半身を真っ赤に染めていく。

安井は大きく目を剝《む》き、驚愕《きょうがく》の表情を浮かべたまま動きをとめたが、

「み、みごとだ……」

と、声を上げると、よろよろと後じさり、道場の板壁の近くに背をあずけて呻き声を洩らした。

いっとき、安井は苦悶《くもん》に顔をゆがめて荒い息を吐いていたが、これまでだ、とつぶやくと、ズルズルと背をずらせ、尻餅を付くようにその場にへたり込んだ。

そして、がっくりと首を折ると、そのまま動かなくなった。絶命したようである。

安井は、道場の板壁に背をあずけてうたた寝でもしているように見えた。道場

の板壁に、残っている赭黒《あかぐろ》い血の痕《あと》だけが、凄絶な立ち合いを物語っている。

源九郎は血刀を安井の袖口でぬぐうと、静かに納刀した。

これを見た菅井が、

「石丸、次はおれたちの番だな」

と言って立ち上がり、石丸と向き合った。

だが、石丸は立とうとしなかった。虚空を凝視し、蒼ざめた顔で身を硬くしている。安井の最期を見て、恐怖と興奮とに襲われたらしい。

「どうした」

「……」

石丸は答えず、ひき攣《つ》ったような顔で身を顫《ふる》わせている。

「町方のお縄を受けるか」

菅井がそう言ったときだった。

ふいに、石丸は脇に置いていた刀を手にして抜き放ち、

「もはや、これまで！」

と叫びざま、刀身を握って己の腹へ突き刺した。

石丸は顔を赭黒く紅潮させ、悲鳴とも気合ともつかぬ甲高い声を上げて腹を横

に引き裂こうとしたが、刀身が長すぎて思うように力がくわわらないのか、動かない。刀身を握りしめた両手からも血が流れ落ちている。

「とどめを！　とどめを！」

石丸が叫んだ。

菅井がつかつかと近寄り、石丸の脇に立って刀身を一閃《いっせん》させた。

にぶい骨音がし、石丸の首が前にかしぎ、首根から激しく血が噴出した。

「武士の情けだ」

菅井はそう言うと、血振り（刀身を振って血を切る）をくれて納刀した。

そのとき、道場の戸口に孫六、茂次、三太郎の三人が首を出した。それぞれの顔に驚愕と安堵《あんど》の入り交じったような表情があった。

「旦那、やりやしたね」

孫六が声をかけた。

「ああ」

源九郎は溜め息のような声をもらした。気分は重かった。立ち合いとはいえ、同門だった者を斬ったのである。

「華町、始末がついたな」

村上だった。いつ入ってきたのか、孫六たちの後ろに立って道場内に目をやっている。

「これは、剣の立ち合いだ」

源九郎が言った。安井を、銀蔵の悪事に荷担した下手人としてではなく、道場主として、最後まで扱ってやりたかったのだ。

「侍同士の剣の立ち合いじゃァ、町方が口をはさむことはねえな」

そう言うと、村上はきびすを返して道場から出ていった。


それから半月ほどして、栄造がはぐれ長屋に姿を見せた。その後、捕らえられた銀蔵と小助がどうなったか知らせに来たのである。

「村上の旦那の吟味に、ふたりとも知らぬ存ぜぬで押し通してたんですがね。又八が大番屋に来て、銀蔵と大川端で鉢合わせしたときの様子を話しやすと、さすがの銀蔵も観念したらしく、口を割ったんでさァ」

栄造は、そのときの吟味の様子をかいつまんで源九郎に話した。

「そうか」

はぐれ長屋の住人を巻き込んだ騒動の原因は、又八と銀蔵が鉢合わせしたことにあったのである。

「それで、銀蔵と小助の処罰はどうなる」

そばにいた菅井が訊いた。

「銀蔵たちは、相模屋と松村屋の番頭だけでなく猪之助も殺《や》ってやすし、他にも手をかけた者がいるようでしてね。まァ、獄門晒首《さらしくび》はまぬがれねえでしょう」

「うむ……」

銀蔵が殺しに手をくだしたわけではないが、悪事の首魁《しゅかい》である。断罪は当然であろう。

「ところで、池井はどうした？」

源九郎が訊いた。

安井を斬った後、源九郎は池井のことを放置していた。町方ではないし、自分や長屋の者に害が及ぶようなことがなければ、池井が生きようと死のうとどうでもよかったのだ。

「池井は自害しやしたぜ」

栄造によると、池井は御家人の冷や飯食いで、自家に累が及ぶことを恐れ、安井と石丸が果てた道場内で腹を切って死んだという。

「池井も武士だったのだな」

源九郎はつぶやくような声で言った。

五

菅井が将棋の駒を指先ではさんだまま将棋盤を睨んでいる。さきほどから局面は変わらず、だらだらした将棋がつづいていた。源九郎も腕組みをして将棋盤に目を落とし、手を読んでいるように見えるが、他のことを考えていた。要するに、ふたりとも気が入っていないのだ。

「どうも、落ち着かぬな」

駒を手にしたまま菅井が、表の腰高障子の方に目をやった。

「そうだな。今朝から、長屋中がうわついておる」

源九郎も戸口の方へ目をやった。

晩秋の陽が土間に射し込み、淡い蜜柑《みかん》色に染めている。

昨夜遅く、おみよの陣痛が始まった。夜中だというのに、孫六が家を飛び出して取上げ婆《ばば》を呼びにいったり、近所の女房連中の手を借りて湯を沸かしたり、大騒ぎになったのだ。

払暁になっても、産まれなかった。初産なので、分娩が長引いているらしい。そのため、長屋の男たちは気になって仕事にもいけず、女子供は又八の家を覗きにいったり、井戸端に集まって話し込んだり、長屋中が落ち着かなかった。

菅井も仕事に行く気にはなれないとみえ、さっそく将棋盤をかかえて源九郎の部屋へやってきた。

「こんなときは、将棋だな」

そう言って、菅井は座敷に座り込むと勝手に駒を並べ始めたのである。

仕方なく源九郎も相手をしていたが、どうも勝負に気が入らない。菅井も同じだと見えて、そわそわしながらしきりに戸口の方へ目をやっているのだ。

「もう、そろそろだな」

源九郎が言った。

「うむ……。男かな、女かな」

菅井は駒を握ったままニヤニヤしている。勝負をする気も失《う》せてしまったようである。

「元気な子なら、男でも女でもいい」

「そうだな。それに、おれの子ではないからな」

菅井がもっともらしい顔をして言った。

そのとき、表でパタパタと子供の草履《ぞうり》の音がした。つづいて、何人かの下駄の音がし、産まれたよ、という上ずった女の声が聞こえた。隣に住むお妙の声である。

「華町、産まれたらしいぞ」

菅井が腰を浮かせ、手にした駒を将棋盤の上に放り投げた。

「そのようだな」

源九郎も立ち上がった。

そこへ、腰高障子をあけて、お熊が飛び込んできた。

「旦那ァ！　産まれたよ」

お熊は、源九郎の顔を見るなり声を上げた。興奮して目を剝き、顔を紅潮させている。

「それで、男か女か」

源九郎が訊いた。

「分からないよ。戸口で、オギャァという声を聞いただけだもの」

お熊が声をはずませて言った。

「男か女か、そのくらい聞いてからこい」

菅井が言った。

「アハハッ、そうだね。……あたしったら、おみよさんも赤ちゃんも元気だって聞いたら嬉しくて、飛び出してきちまったんだよ」

お熊は声を上げて笑った。ひどく嬉しそうである。長屋の連中は、他人の家の出産でも我がことのように喜ぶのだ。どこかに、身内という意識があるのかもしれない。

「行ってみよう」

源九郎が土間に下りた。

「そうしよう」

菅井がつづいた。

源九郎と菅井が戸口から出ると、お熊が後を跟いてきた。

又八の家の前には、長屋の連中が大勢集まっていた。戸口近くには女房連中が、その後ろに亭主や子供たちが幾重にも取りかこんでいる。茂次と三太郎の顔もあった、どの顔にも、明るい笑顔がある。だれもが、産まれた赤子とおみよが元気なことを喜んでいるのだ。

源九郎と菅井が戸口に近付いたとき、ふいに人垣が割れて孫六が飛び出してきた。

「おい、孫六、どこへ行く」

菅井が声をかけた。

「だ、旦那に、知らせようと思って」

孫六が声をつまらせて言った。狸のような顔がくしゃくしゃになっている。

「それで、産まれたのは、どっちだ」

源九郎が訊いた。

「男だ！　男だ。男が産まれやがった」

興奮して、孫六が早口にしゃべった。

「男か。よかったな」

「あっしの宝だ！」

「もっともだ。子宝というからな。おまえの場合は孫宝か。……ところで、孫六、おまえ何を持ってるのだ」

源九郎は、孫六が右手に握りしめている物を目にとめて訊いた。

一瞬、孫六は、何を言ってるんだという顔をして源九郎を見たが、自分の手で握りしめている物に気付いて視線を落とした。どうやら、無意識に握りしめて飛び出してきたらしい。

子安貝《こやすがい》だった。君枝がおみよに渡した物であろう。

「孫六、どうしておまえが、そんな物を持ってるんだ」

源九郎が、あきれたような顔をして訊いた。

「ど、どうしてって……。おみよも赤子も元気だと聞いて、ほっとして、おみよのそばに行って手を握りしめたときに、たぶん」

孫六が、首をひねりながら言った。

おそらく、おみよが握りしめていた子安貝を、孫六が無意識に握りしめ、そのまま外へ飛び出してきたのであろう。

「次の子は、孫六が産むつもりか」

そう言って、菅井が声をたてて笑った。

源九郎もおかしくなって笑い声を上げた。孫六は、子安貝を手にしたままニヤニヤしている。

この作品は双葉文庫のために書き下ろされました。

双葉文庫
と-12-13

はぐれ長屋《ながや》の用心棒《ようじんぼう》

孫六《まごろく》の宝《たから》

2007年9月20日　第1刷発行

【著者】
鳥羽亮《とばりょう》
【発行者】
佐藤俊行
【発行所】
株式会社双葉社
〒162-8540 東京都新宿区東五軒町3番28号
[電話]03-5261-4818(営業) 03-5261-4833(編集)
[振替]00180-6-117299
http://www.futabasha.co.jp/
(双葉社の書籍・コミックが買えます)
【印刷所】
慶昌堂印刷株式会社
【製本所】
株式会社若林製本工場

【表紙・扉絵】南伸坊
【フォーマット・デザイン】日下潤一
【フォーマットデジタル印字】飯塚隆士

ISBN978-4-575-66296-2 C0193